臨床心理士佐伯翼の
怪奇ファイル

ようこそ瑕疵《かし》ある世界へ

佐伯つばさ

SUNMARK
PUBLISHING

ようこそ瑕疵ある世界へ

かし【瑕疵】（名）
①きず。欠点。
②法律上、なんらかの欠点があること。

ようこそ瑕疵ある世界へ

目次

ブックデザイン　小口翔平＋佐々木信博＋畑中茜（tobufune）
カバーイラスト　syo5
本文イラスト　足鷹高也
ＤＴＰ　アルファヴィル
編集協力　株式会社ぷれす
編集　金子尚美（サンマーク出版）

佐《さ》伯《えき》翼《つばさ》

星森大学心理学部臨床心理学科助教。小学生の頃より二十年以上にわたり、怪談蒐集をライフワークとしている。

僕、怪異譚は好きだけど、臨床の現場に出ているときはすべて信じないよ。

なんとしてでも理屈をつける。

科学に基づかない医療は危険でしかないからね。

沖《おき》山《やま》修《しゅう》一《いち》

星森大学心理学部
臨床心理学科三年生。
佐伯ゼミ所属。

あの、じつは僕のゼミの先生が動物に
ものすごく詳しくて。特に犬が好きで。
相談してみるので、もう少し
いろいろ教えていただけますか？

困っている人を見たら
すぐ首を突っ込むのはどうかと思うよ。
習ったでしょ？

中途半端な介入は禁忌だよ。

多《た》度《ど》結《ゆ》良《ら》

星森大学心理学部
臨床心理学科四年生。
佐伯ゼミ所属。

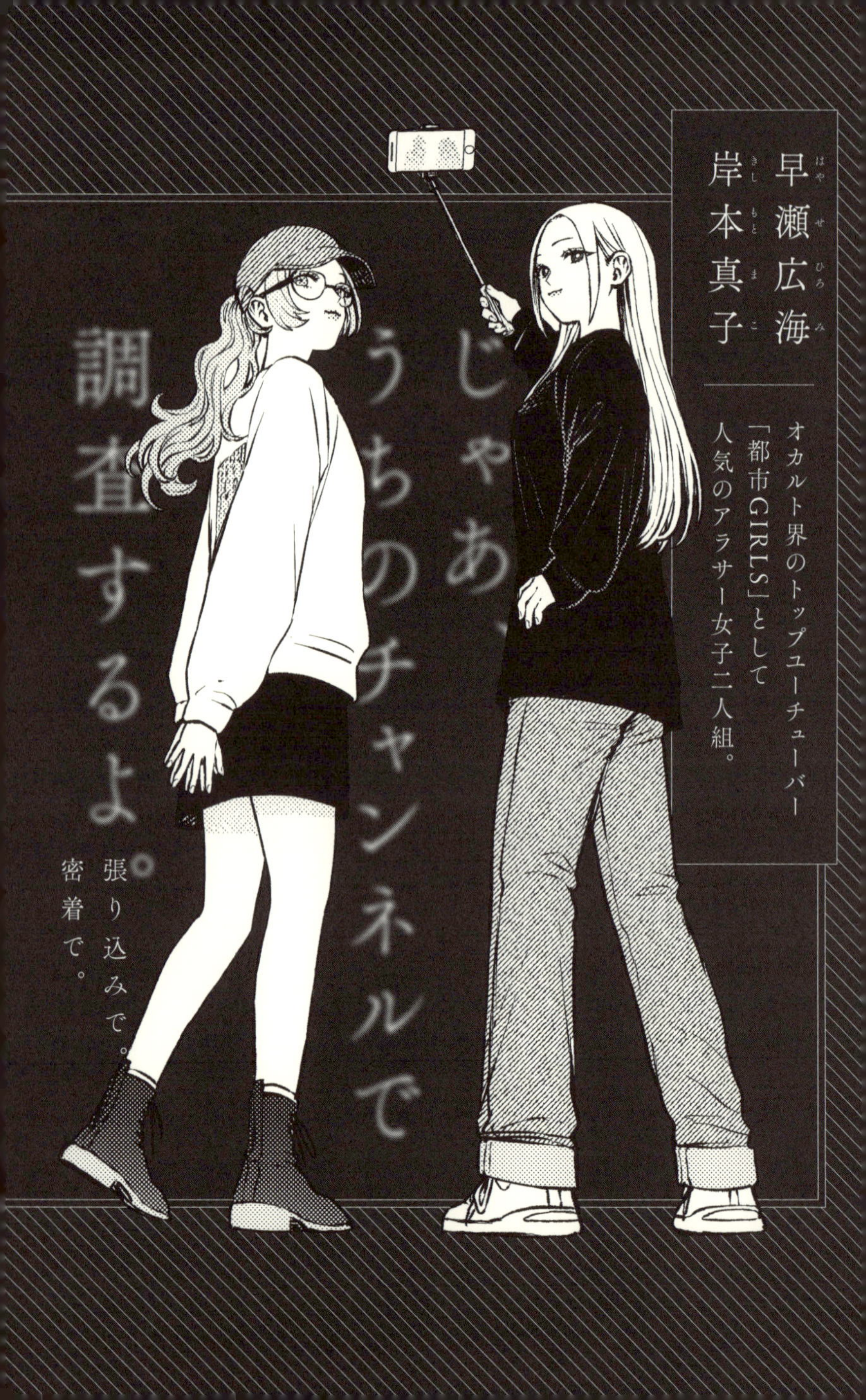
早《はや》瀬《せ》広《ひろ》海《み》
岸《きし》本《もと》真《ま》子《こ》
オカルト界のトップユーチューバー
「都市GIRLS」として
人気のアラサー女子二人組。
じゃあ、うちのチャンネルで
調査するよ。
張り込みで。
密着で。

網《あ》代《じろ》実《みのる》

お笑い芸人であり、
人気怪談師。
「あみ」の通称で
多くの怪談ファンに
知られている。

あれって
僕みたいな人が
聞いたら
わかっちゃうんだけど……。

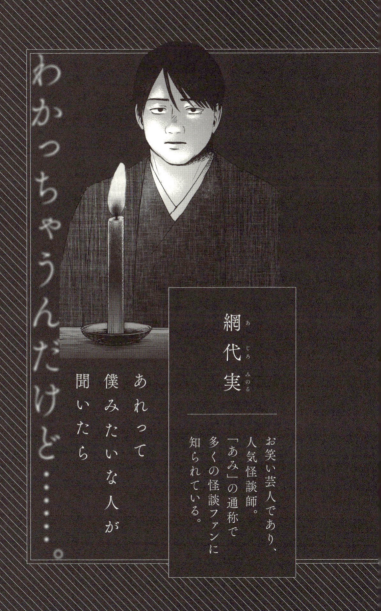

プロローグ　部屋から出られない男

カップを持ち、注がれた珈琲《コーヒー》の香りで頭の中を満たす。

ブルーマウンテンNo.1。普通の喫茶店では目にすることもほとんどない希少な品種だ。珈琲はブラックに限る。不純物を混ぜない美しい黒こそが至高なのだ。

何事も純度がもっとも重要な要素だ。色。食べ物。香り。どれもその本来の形がもっとも美しく理にかなっている。

人間もそうだ。複雑に考えることはない。人が本来もつ純粋な感情。好奇心や欲望に従うことが本来ある人間の姿だ。

「じゃあ、ミルクティーでお願いします。砂糖もいただけますか?」

後ろの席に座った男の注文が聞こえる。

こいつには一生かかってもこの美学はわからないだろう。紅茶も嫌いではないが、ミルクなど入れた時点で紅茶がもつ個性が死んでしまう。

窓際の席で横並びに座っている女は学校生活について話している。

「やばい、これ明日のテスト絶対終わったよ」

「追試受かれば留年はしないしいいんじゃね？　ってか来週のバーベキューにさ、蓮《れん》君も来るらしいよ。普通に楽しみなんだけど」

「蓮君って彼女いるじゃん」

「他の学校の人でしょ？　関係なくない？」

知性のかけらも感じられない会話だ。雰囲気から察するに高校生だろう。もし自分が彼女たちのクラス担任であれば、一年かかっても名前など憶《おぼ》えないに違いない。

しかし、あの年頃の子どもは非常に重要な存在だ。子どもゆえの未熟さと大人になりかけているがゆえの自己像をもっている。あの年齢はその二つが共存し、そのためにいまだに〝成功〟したことがない。

その女に声を掛けようと、読んでいた心理学の本を閉じて立ち上がったと同時に、入り口のドアが勢いよく開き、上部に設置されたベルが激しい音を立てた。

入ってきたのはスポーツブランドのトレーナーを着た男だった。年齢は二十歳そこそこだろうか。短い髪、スポーティな服装の爽やかな青年だったが、その額には汗が浮かび、焦った様子で店内を見渡している。

しばらく辺りを見回した後、こちらに顔を向けながら早歩きで近づいてくる。

急いで席に座りなおした。知っている者だろうか？

その若い男は真っ直《す》ぐにこちらに向かってくると、そのまま横を通り過ぎ、後ろの席に座っている男に焦った様子で声を掛けた。

「休みの日なのに呼び出しちゃってすみません」

「午前中まで仕事だったし、全然かまわないよ。修一《しゅういち》君もミルクティー飲む？　ここのやつすごく美味《おい》しいよ」

「えっと……いただきます」

後ろに座っている男の知り合いか。何度も立ったり、座ったりするのは不自然に見えるかもしれない。気持ちをリセットするために珈琲に手を伸ばす。

自然と後ろの席の会話が耳に入ってきた。

「あの……先生ってゲシュタルト崩壊って知っていますか？」

珈琲カップをつかもうとした手が自然と止まる。

「もちろん。ゲシュタルト心理学の言葉を借りれば、まとまりのあるものの全体性が損なわれた状態だよ。ちゃんと一年生のときの講義受けてた？」

「受けてましたよ。でもそっちじゃなくて。知りませんか？　鏡の中の自分に向かって『おまえは誰だ？』って聞き続けるやつ」

「ああ、それも知ってるよ。かなり有名な都市伝説だよ。もとはどこかの国の人体実験の一つでそれを続けると自分が認識できなくなって、精神に支障をきたすってやつでしょ？　あれなんの根拠もないし、ゲシュタルト崩壊って言葉の本当の意味とはまったく違うよ」

少し興味をそそられる会話だった。

都市伝説の方はどうでもよかったが、気になったのはミルクティーを飲んでいる男だった。やり取りから察するに心理学に詳しい人物なのだろうか？

修一と呼ばれていた男が勢いそのままに話を続ける。

「それがただの都市伝説じゃなさそうなんです。じつはバイト先の先輩とその話になって……先輩も先生と同じようにただの噂《うわさ》話だろうって……でもその先輩、先週からバイトに出てこなくなっちゃったんです」

「嫌になっちゃったんじゃないの？　バイトなんてちょっとした理由でやめちゃう人たくさんいるじゃん」

「いや、そうじゃないんですよ。最初はその可能性も考えましたけど、でもすごく仕事にはまじめな人だし、生活費もそのバイトで稼いでたし。だから何かあったのかと思って、昨日家まで様子を見に行ったんです」

「バイト先の人にそこまでする？　相変わらずお人好《ひとよ》しだね」

「だって急に連絡取れなくなったら心配になるじゃないですか。それでその先輩の家に行ってきたんですけど、本当に様子がおかしかったんです」

「家中の鏡が割れて、自分が誰だかわからなくなってた？」

「いや、そうはなっていなかったんですけど……なんか……家から出られなくなったとか言っていて」

「家から出られない？」

「はい。そう言いながらリビングをずっとぐるぐる回っているんです。本人はめちゃくちゃ焦っているみたいで」

なかなかに面白い話だった。その都市伝説がきっかけで、精神に異常をきたしたのだろうか？　煩雑な手順もなく、そこまで〝人の心を狂わすこと〟などできるのだろうか？

ミルクティーの男の発する声が急激に真剣みを帯びた。

「なんで修一君はその人の家に入れたの？　迎え入れてくれたけど、その扉から外に出られないってこと？」

「あ、そうじゃないんです。インターホンで声を掛けたら中から『外に出られなくなった』って言われて。だからポストにあった合鍵で入ったんです」

「ポストに合鍵？」

「はい。なんか昔はポストや植木鉢の下とかに鍵を隠しておくのが普通だったとか言ってて。バイト先によく鍵を忘れてたので」

沈黙が訪れた。この席からでは様子は見えないが、おそらくこの状況について考えているのだろう。

奇妙で興味深い話だった。その男は、都市伝説のように鏡の自分に向かって「おまえは誰だ？」と問いかけたのだろう。結果として、どういう理由かわからないが自分の部屋から出ることができないほどの錯乱状態に陥ってしまった。その先輩とやらはこの後、どうなっていくのだろうか？

しかし、ミルクティーの男はまだ気になることがあるようだった。

「部屋から出られないってどういう状況なの？　部屋から出るのを怖がってるの？」

「怖がっているとかそういうんじゃないんです。なんかリビングのドアに向かって歩いて行くと少しずつ横に逸《そ》れていくんです。ドアに近づけないみたいに」

「その先輩って太ってる？」

「かなり太ってます。多分百キロくらいあると思いますけど。なんでわかったんですか？」

「その人って修一君の先輩って言ってたけど、結構年上の人だよね？」

「はい。多分三十代後半くらいだと思いますけど。言ってませんでしたっけ？」

「言ってないね。でも生活費稼いでいるとか、昔は植木鉢の下に鍵を隠してたとか、修一君と同世代っぽくはないもんね」

そう言うとまた会話が途切れてしまった。そして数秒の沈黙の後、衝撃的な一言が耳に入ってきた。

「いますぐその人の家に救急車呼んで。その人、多分だけど脳梗塞だから」

「え？　脳梗塞？　鏡に向かって自分は誰だって言い続けたせいで……」

「それは関係ない。タイミングが悪かっただけ。脳梗塞の後遺症に多いんだけど、ダメージを受けた場所によっては方向感覚に影響が出ることがあるんだよ」

「脳梗塞だとしたらまずいんじゃ……」

「うん。急がないと死ぬかもしれないね」

その言葉を皮切りに、後ろの席があわただしくなる。二人の様子を確認しようと振り返ったとき、ミルクティーのカップを持った男と目が合った。

「騒がしくしてしまってすみません」

ラフなジャケットを羽織った細身のその男は、前髪で半分目が隠れているが、爽やかな笑顔をこちらに向けながら言った。

「え？　いえ、大丈夫ですよ。いらっしゃったばかりなのにもう帰るんだなと思って」同じように笑顔で返す。

「ちょっと急用で。では失礼します」

出口に向かう二人の会話がわずかに聞こえてくる。

「あの人、ちょっと佐伯《さえき》先生に似て……」

「どこが？　……よくて爽やかな……」

「自分で言います？　爽やかっぽいんですけど……」

二人の背中が見えなくなると、珈琲を一気に飲み干し、いままでのやり取りの余韻を味わった。

そう簡単に人を狂わせる方法などあるはずはないか……。それにしてもこのような場所で、心理学を扱う者に出会えるとは思わなかった。佐伯先生か……。想像していなかったうれしいサプライズで、気持ちが高ぶっているのがわかった。

人の心ほど曖昧で興味深いものはない。

偉そうにくだらない人生を語る老人も、中身のない会話を続ける若者も心をもっているのだと考えると、愛《いと》おしい存在に思えてくる。この状態になると、目に映るすべてに意味があるのだという万能感が身体に満ちていく。

ああ、素晴らしい一日だ。

道路の反対側にいる夫婦は、なぜ必死に張り紙をしているのだろう。

向こうから歩いてくる男は、何をそんなに怯《おび》えているのだろう。

入れ違いにカフェに来た人形のような服装の女は、なぜ泣いていたのだろう。

彼らの心の中には、何が潜んでいるのだろう。
先ほどまで晴れていた空は曇天に変わっている。
何かが始まる。そんな気がした。

ドッグカウンセラー

迷子犬を捜す夫婦

た。

「この子を捜しています」

沖山修一《おきやましゅういち》は、大学の掲示板に張り付けられている一枚のチラシに目を奪われてい

た。

試験の日程やサークルの紹介、違法薬物への注意喚起など、大学生に向けた掲示物が並ぶ中でそのチラシは明らかに異彩を放っている。

どうやら迷子になった飼い犬を捜すためのチラシのようだ。

トモヤという名前の犬で、チラシの写真にはベロを出してかわいらしく前方を見つめるトイプードルが写っていた。

修一が通っている大学は、地域とのかかわりを重要視しており、これもその一つなのだろう。もし見かけたら連絡してあげようと思い、そのチラシを写真に撮っていると背後から、「すみません」と誰かが声を掛けてきた。

振り返ると、三十代と思われる男女が憔悴《しょうすい》しきった顔で立っていた。

女性の方が頭を下げて言った。

「これ、さっき大学さんが許可をくれて張らせていただいたんです」

とすると、この二人はトイプードルの飼い主なのだろう。

「学生さんが協力してくださると本当に助かります。大切な子なので何としても見つけてあげたくて」

自分も実家で犬を飼っているので、二人の気持ちは痛いほどわかった。

「心配ですよね。もし見かけたら連絡します」

そう答えると男女は二人そろって「ありがとうございます」と頭を下げ、出口に向かって歩いて行った。

その後ろ姿を見ているうちに、修一の中である人物の顔が浮かび上がった。

「ちょっと待ってください」

男女は立ち止まって修一の方を振り返った。

「あの、じつは僕のゼミの先生が動物にものすごく詳しくて。特に犬が好きで。相談してみるので、もう少しいろいろ教えていただけますか？」

そう言うと、男女は何度も頭を下げながらチラシに載っていない細かな情報をいろいろと話し始めた。

「飼い主さんは和田《わだ》さん。七歳になるトイプードルの雄で、名前はトモヤ君。茶色で毛が短いタイプ。いままで一度も逃げ出したことはなくて甘えん坊だったそうです」

修一は、先ほど夫婦から聞いた情報がびっしりと書き込まれている手帳を読み上げる。

「夫婦共働きで、二週間前、二人そろって帰宅したときにはいなくなっていたそうです。家の鍵はもちろんかかっていたそうですし、泥棒が入ったとかそういったこともないみたいで。もちろん家の中はしっかり捜したみたいですけど」

指導教員と先輩に向かって、夫婦からの聞き取りの詳細を報告する。

「それから……」

「ちょっと待って」

一つ上の先輩である多度結良《たどゆら》が、その報告を遮った。

「私たち、何を聞かされてるの？」

「いや、行方不明になった犬の情報を……」

「私、何一つ理解していないんだけど、まずなんで修一君が犬を捜しているの？」

「さっき、学校にチラシを張りに来ている和田さんご夫婦に会ったんですよ。すごく悲しそうで……その二人が……一所懸命に捜しているみたいで、疲れ切った顔してたし……先生、動物、特に犬に詳しいから」

「確かにワンちゃんがいなくなったのはめちゃくちゃ心配だと思うし、助けてあげたいのはわかるけど、私たちで捜すのは無理があるんじゃない？」

会話を聞いていた指導教員の佐伯翼《さえきつばさ》は、スラリとした長身に似合わない猫背をより一層丸めながら深いため息をついた。普段同様スーツを着ているが、よく見るとネクタイには小さな犬の刺繍《ししゅう》があしらわれている。自身のネクタイと修一を交互に見ながら佐伯が言った。

「まあ、今日は特にやることないし、みんなで捜しに行くのはいいんだけど」

「嘘《うそ》でしょ？　私の卒論はどうなるんですか？」結良がすかさず文句を言う。

「多度さんは優秀だし大丈夫。それより修一君さ、その夫婦になんて言ったの？」

修一はいまにも不満が爆発しそうな先輩を横目に、先ほどの夫婦とのやり取りを思い出しながら答えた。

「先生が動物にすごく詳しいので、力になれるかもしれないから細かいことを教えてくれ――みたいなことを言ったと思いますけど」

それを聞いた佐伯は、目に半分かかるゆるくウェーブした髪の毛をぐしゃぐしゃと触りながら深いため息をついた。

「修一君、ここが大学だってわかってる？」

「はい」

「僕ら何学部の何学科？」

「心理学部の臨床心理学科ですけど」

「そうだよね。でもそのご夫婦は多分そう思っていないでしょ。大学という場所で先生が動物に詳しいなんて聞いたら、僕のこと生物学の専門家か何かだと思ってすごく期待しているんじゃない？」

確かにそうかもしれない。そこまで頭が回っていなかった。

修一の通う星森《せいしん》大学は、東京にある大学の中でも学生数が多く、その理由の一つは専門分野の広さにある。文学や医学をはじめとして、宗教や美術、果ては海洋生物の専門などあらゆる学科が存在している。自分が知らないだけで、もしかすると犬を専門とする学科があるかもしれない。

「すみません。勢いでつい言っちゃいました。犬が専門みたいなことも言っちゃった気がするので、もしかすると犬博士か何かだと思われているかもしれないです」

するとと佐伯はもう一度ため息をついた後、今度は柔らかな笑顔を修一の方に向けて言った。

「まあ、困っている人のためにそこまで行動できたのは、臨床心理学科の学生としては正しいかな」

修一がほっと胸をなでおろすと、結良が厳しい一言を付け加えた。

「困っている人を見たらすぐ首を突っ込むのはどうかと思うよ。習ったでしょ？　中途半端な介入は禁忌だよ」

そう言うと結良は、佐伯の一言がなかったかのように説教を始めた。

この先輩はかわいい顔をしているが厳しい。そして髪の毛がピンクなのに頭がよい。同じゼミで唯一の先輩だが、修一はいつも結良に怒られている。

しかし、結良の言うことは間違っていなかった。

佐伯ゼミは臨床心理学科に所属しており、心理学を用いて、他者の心のケアやサポートをすることを主とした学問を扱っている。その中でも医療の領域で心理学を用いるのが佐伯の専門であり、いわゆるカウンセラーと呼ばれる人だ。

その臨床心理学の基本について、結良は淡々と修一に説いていた。

助けを求めて佐伯を見つめるが、佐伯は結良の怒りが自分に向かないように紅茶を飲みながらニコニコと修一に笑顔を送るだけだった。

一通りお説教が終わったところで、佐伯が話を戻す。

「さっきの話、まだ途中だったよね？　ほかにも何か聞いたの？」

修一はあわてて手帳を開き、まだ報告していない情報を確認した。

「はい。えーっと。家から突然いなくなっていて……それでご夫婦は警察にも捜索願いを出したそうです。旦那さんも仕事を休職して、毎日警察署にも状況を確認しているそうですが、まだ情報はないらしくて」

「休職？」

そこまで話すと、佐伯はやや曇った表情で応じた。

「はい。仕事を休んで毎日捜しているって」

「毎日警察に行っているの？」

「この後も、警察署に見つかっていないか確認に行くって言っていましたけど」

「どれくらいの期間行方不明になっているの？」

「二週間くらいだそうです」

そこまで聞くと、佐伯は表情を曇らせたまま黙り込んでしまった。

結良も沈んだ表情で話し始める。

「トイプードルってかなり高いよね？　街中を歩いていたらかなり話題になりそうだけど」

「やっぱり盗まれたってことですか？」

「それか誰も近づかないような場所で動けなくなっているとか」

結良の発言をきっかけに部屋が静寂に包まれた。

しばらくして、静かな研究室にかちゃりとティーカップを置く音が響く。佐伯はまだ表情を曇らせたまま言った。

「警察もかかわっているならこの件は警察に任せよう。修一君、まさか連絡先とか交換していないよね？」

「交換はしていないです。でも、チラシの写真は撮ったので連絡先ならわかりますよ」

「いや、ちょっと様子を見よう。特別僕らにできることがあるわけじゃないし、通学途中に見かけたら、その和田さんに連絡してあげる程度でいいんじゃないかな?」

そう言うと、佐伯は結良に卒業論文のテーマについて説明するように指示を出し、この話はここで終わってしまった。

帰ってきた「トモヤ君」

修一は、二週間が過ぎても行方不明になった犬のことが頭から離れなかった。

通学途中には、普段よりも気を配って辺りを見るようにしているが、もちろん野良トイプードルなど見当たらない。

愛玩動物は、野生の世界でどれほど生きていけるのだろうか?

そんなことを考えながら掲示板の前を通ると、あのチラシがなくなっていた。驚いて掲示板を隅から隅まで捜したが見当たらない。

もしかして見つかったのだろうか?

修一は、スマートフォンの写真フォルダをさかのぼり、チラシの画像に書いてある電話番号に掛けてみることにした。見つかったのであればもう心配しなくて済む。

数回のコールの後に、「はい」と女性の声が聞こえた。

「もしもし。和田さんのお電話で合っていますか？　少し前に星森大学のワンちゃんを捜すチラシの前でお話しさせていただいた者なのですが」

そう言うと、和田さんは明るく返答してくれた。

「あのときの学生さんですか。その節は本当にありがとうございました」

「……ということは、ワンちゃん見つかったんですか？」

「ええ、数日前に警察から連絡があって、近所の土手を歩いているところを保護してもらったんです」

それを聞いた修一は、肩の力が抜けるのを感じた。

「本当によかったです。怪我《けが》とかはしていなかったんですか？」

「はい。何週間か行方不明になっていたのに、怪我も汚れも全然なくて元気なんです。だから、誰かが一時的に家に連れ込んでいたんじゃないかって」

家族同然の犬が知らない人に飼われていた可能性があるというのは、ものすごく不安に思ったに違いない。でも、いまはそれ以上に帰ってきてくれた喜びが勝っているのだろう。

「とにかく見つかってよかったです」

修一も、ずっと胸に詰まっていたわだかまりがとけて、晴れやかな気持ちになっていた。

「ありがとうございます。あ、でも……」

そう言うと和田さんは少しの沈黙の後、声のトーンを落として言った。

「少し気になることもあって……。確かゼミの先生が動物の専門家なんですよね？もし可能でしたら、少しだけ相談したいことがあるのですが」

修一は佐伯とのやり取りを思い出しながら、素直に言うべきか悩み、言葉を返すことができなくなってしまった。

すると、電話越しに何かを感じ取ったのか、あわてた様子で和田さんが付け加えた。

「でも忙しいですよね。そんなにたいしたことじゃないので」

「いや、聞いてみますよ。どんなことですか？」

やってしまった。これで佐伯は完全に生物学の専門家になってしまった。

「大丈夫ですか？　ありがとうございます。じつは帰ってきてから家中のいたるところを掘ろうとするようになってしまって。いままでもたまにあったのですが、いまはソファとか寝床とか常にどこかを掘るような仕草をしていて」

「犬なら普通なんじゃないですか？」

「でも、なんというか一心不乱に掘り返そうとする様子が少し異様で……。あとなぜか自分の足を噛《か》んだり、必要以上に舐《な》めたりしてしまって。いま手の先が荒れてしまっているんです。家中掘り返そうとしているから、手に負担がかかっているのかと思うのですが……」

気がつくと三十分ほど話を聞いていた。そして修一はびっしりと書き込まれた手帳を手に研究室へ向かった。


「佐伯先生。犬が地面を掘るのってやっぱり本能なんでしょうか？」

修一はそれとなく聞いてみることにした。二週間前に食らった結良の説教が記憶に残っていたので、正直に事情を話す気にはなれなかった。

「どうして？」

「いや、この前のことがあって……ちょっと犬に興味が湧いちゃって。なんで地面掘るのかなって……」

明らかに不自然なやり取りになってしまった。

佐伯も結良もさすがは臨床心理学を専門としているだけあって、そうした違和感には鋭敏だった。二人とも何も言わずに修一を見つめてくる。

佐伯が先ほどよりもゆっくりとした口調で言った。

「どうして？」

佐伯の目から完全に光が消えていた。ちらりと結良を見るとこちらも同じく冷たい目をしている。修一は観念してすべてを白状した。

チラシがなくなっていたので気になって電話を掛けたこと、そこで犬の変化について〝生物学の専門家〟としての佐伯の意見を求められたことを順を追って説明した。

「だから和田さんは、ワンちゃんがしばらく誰かに連れ去られていて、その間に何かを掘るために使われていたんじゃないかと思っているらしくて」

二人はあきれながら話を聞いていたが、すべてを聞いた佐伯はあっさりと答えをくれた。

「ストレスだよ。犬ってストレスが強まると家のソファとかクッションとかを掘っちゃうの」

「ストレス？」

「そう。人間と一緒。手とか足を舐めちゃうのもストレス反応じゃないかな。病院に連れて行ってあげた方がいいんじゃない？」

「病院には連れて行っているそうです。でもストレスって、やっぱり一人で過ごしていたのが原因なんでしょうか？」

「それはわからないな……それよりも気になることがあるんだけど」

そう言うと、手帳を渡すようにと手を差し出した。佐伯は受け取った手帳を確認しながら、矢継ぎ早に質問を始める。

「いなくなったときって、密室からいなくなってたってこと？」

「洗面所の換気用の窓とかは開いていたみたいですけど、玄関に鍵はかかっていたし、低いところにある窓は閉まっていたみたいなので、どうやって外に出たのかわからないそうです」

「この夫婦いくつくらい？」

「多分三十代の後半くらいだと思いますけど」

「旦那さんって仕事は何しているの？」

「そこまでは聞いていないです」

「見つかったとき、犬はどんな様子だったの？」

「元気だったみたいですよ。変な癖が始まったこと以外は変わらないって」

「でも一か月近く行方不明だったんだよね？　怪我してたり、汚れてたりもしていなかったってこと？」

「少なくとも怪我はしていなかったそうですけど」

佐伯はここまで質問を重ねると、しばらく手帳を読み返しながら何かを思案しているようだった。結良も手帳をのぞき込みながら、あれこれと疑問を口にしている。そのうち、二人だけで会話を始めてしまった。

修一は仕方なくその場を離れ、犬の行動の変化はストレスが原因かもしれないことを伝えるため、電話を掛けることにした。


和田さんはワンコールで電話に出た。

「和田さんですか？　沖山です。さっきの話うちの先生に聞いてみたんですけど、ストレスが原因かもしれないそうです」

「ストレス？」

「はい。だから多分ストレスの原因を取り除けば収まると思います」

「そうですか。でも何かストレスになるようなことあったかな……もしかしていなくなっている間に何かあったんですかね？」

「うちの先生は、見つかったときにどんな状態だったのか気にしていましたけど」

「それが本当になんともなかったんですよ。身体も汚れていなかったので、やっぱり誰かにつかまえられて何かされてたんでしょうか？」

だんだんと和田さんの声に不安の色が混ざり始めた。

トモヤ君がいなくなっていた約一か月の間、どこでどのように過ごしていたのかを知る術《すべ》はない以上、いろいろと想像してしまうのも無理はない。修一は曖昧に返答することしかできなかった。

電話を終えて研究室に戻ると、佐伯と結良はホワイトボードにさまざまな情報を書きだしながら意見を交わしている。

「泥棒じゃないなら、先生はどうやって家からワンちゃんが外に出たと思うんですか？　誰かが連れ出さないと無理じゃないですか？」

「じゃあ、泥棒だとしてどうやって家の中に入ったの？　しかも家の鍵がしっかりかかっていたってことは、律儀に鍵を閉めたってことだよね？　そんなことするかな」

佐伯と結良は、修一とは異なる気持ちでこの出来事に夢中になっているようだった。

「二人ともちょっといいですか。和田さんにはストレスの可能性があることを伝えました。でも家では特にストレスになるようなことが思いつかないらしくて……やっぱり行方不明の期間に何かあったんですかね？」

「多分普通に飼われていたんだと思う」

結良が先ほどの佐伯とのやり取りを無視して断言した。

「トイプードルって高いんだって。だから泥棒が売るつもりで盗んで、でも買い手がつかなくて逃がした。商品だから大切に扱うだろうし怪我がないのも納得でしょ？」

「そういえば、さっき和田さんが汚れてもいなかったって言っていました」

結良が満足そうな表情を浮かべるが、佐伯はまだ納得していないようだった。

「どこが不満ですか？」

「さっき指摘したところと、そこそこ成長したトイプードルを売ろうとしているところ」

「本当に細かいな。可能性としては一番受け入れやすいでしょ」

結良は佐伯が教員であることをまったく意に介さない。どうやら佐伯の自由な振舞いのせいで、いままで相当大変な目に遭ってきたらしい。

そういえばこの前も卒業論文を放り出されていたな。そんなことを思い出していると結良が話をまとめ始めた。

「とにかく犬が話せない以上、一番納得のいく想像を答えにするしかないんだから、これで……」

「そうか。ちょうど調査もできるし、犬に話を聞いてみるか」

犬に話を聞いてみる？　何を言っているのだろう？

意味不明なことをつぶやいたかと思うと、佐伯は誰かに電話を掛け始め、研究室を出ていった。結良は、あきれた様子でホワイトボードを消し始める。

「先生、何言っているんですかね」

「多分だけど、犬と話せるみたいな人連れてくるよ」

犬と話せるというのは何かの比喩だろうか。

修一が言葉の意味を理解しようと必死に考えていると、ほどなくして佐伯が帰ってきた。そして修一に向かって言った。

「犬と話せる人紹介するから、その人に会いに行ってきて」

ユーチューバーとドッグカウンセラー

週末、修一は不安に包まれながら、閑静な住宅街を歩いていた。

一時間後、自分がどのような状況にあるのか想像もできない。

なぜ自分がこんな気持ちにならなければいけないのか？　佐伯の笑顔を思い出すと怒りが湧いてきたが、それ以上に自分の衝動的な性格に腹が立っていた。

あの日、佐伯は自分の代わりに、犬と会話できるというドッグカウンセラーなる人物と会うように言ってきた。

「どんな感じか知りたいから記録もよろしく」

タブレットとやけに厳《いか》ついボールペンを渡され、戸惑っている修一に佐伯が続ける。

「できれば、ドッグカウンセラーの人と会う少し前から撮影しておいて。基本的にはタブレットを使って、もし撮影を断られたり嫌がるような素振りを見せたりしたら、そっちのボールペン型の隠しカメラで撮影してきて」

隠しカメラという単語に驚く暇もなく、さらに細かい指示を出してくる。

「写真を撮ることも忘れないでね。文章とか絵とか、写真の方が見やすいものもあるからその辺の判断は適宜するように……」

「ちょっと待ってください」

勝手にどんどんと話が進んでいくのであわてて話を遮った。

「先生は行かないんですか？」

「僕も行きたいんだけど、その日は研究会があるから」

「その日って、いつ行くかも決まっているんですか？」

「今週の土曜日だったら調整できるみたいだったから、多分その日になるはず。手帳に土曜日はバイト休みって書いてあったよね？　今日中に決まると思うからちょっと待っててね」

結良はさっさと研究室を出ていってしまった。おそらく昨年は唯一のゼミ生であった結良が、こうした無理な役割を押し付けられていたのだろう。

「いや、そもそもドッグカウンセラーってなんですか？　超能力者みたいな人のことですか？」

修一はたまらず、不安の中心にある疑問をぶつけた。

「犬の心の声が聞こえるんだって。前に動画で見たことがあるんだけど、結構面白くてさ。だから早く和田さんに連絡して。いまだったら藁《わら》にもすがる思いで乗ってくるだろうから」

結良よりは短い付き合いだが、修一も佐伯のこうした性格は承知していた。好奇心に支配されると倫理観が機能しなくなる。

そして霊やオカルトの類《たぐい》が大好きだった。佐伯曰《いわ》く「まだ科学で解明できていないことこそ、もっとも科学と相性のよい存在」なのだという。

しかし、得体のしれない人物に、付き合いの浅い和田さんと会いに行くのは抵抗があった。

「僕と和田さんだけで行くのはちょっと危ないですよ。万が一、すごいお金とかかかったらどうするんですか？」

「修一君と和田さんだけじゃないよ」

そう言うと佐伯は少し黙ってから、目を細めて言った。

「都市GIRLSの二人が取材とYouTubeの撮影も兼ねて一緒に行ってくれる」

「都市GIRLS……」

聞き間違いだろうか？

「そう、都市GIRLS。知らない？」

知らないはずがなかった。都市伝説やオカルトを中心としたYouTubeで人気を博しており、確か本も出版していたはずだ。チャンネルの登録者も数十万人は下らないのではないだろうか？　かくいう修一もその登録者の一人だった。

「先生、知り合いだったんですか？」

佐伯が笑顔で頷《うなず》く。

「二人がついてきてくれるなら安心でしょ？　見学しつつ、さっき言ったようにいろいろ撮影してきてくれればいいから」

都市GIRLSも一緒に来てくれるのであれば、不安は薄まる。何より有名人に会ってみたいという欲求が修一の中で膨らんでいた。

その気持ちに負けて、修一は今回の調査を引き受けてしまった。結果としていま、修一はドッグカウンセラーの待つ家に向かって、和田夫妻と飼い犬のトモヤ君、そして都市GIRLSの二人と歩いている。

都市GIRLSの早瀬広海《はやせひろみ》と岸本真子《きしもとまこ》が、会話の中心となって皆の緊張を和らげてくれていた。しかし、それでも修一の緊張はほぐれなかった。

和田夫妻はというと、奥さんの方がどうやら修一と同じく都市GIRLSのファンだったようで、止まることなく動画の感想を述べていた。

早瀬が奥さんからの感想と質問に答えている。

「そうですねー。呪いがあるならまず自分の身体で味わってみたいじゃないですか？死因が呪いっていうのもあこがれるなー」

実際に話す早瀬は、無邪気な危険人物という印象だった。服装や見た目には一切気を遣っていないようで化粧すらしていない。それでも、佐伯と同世代とは思えないほど若く見える。整った顔立ちから、死因だの呪いだのと物騒な言葉が飛び出るたびにぎょっとさせられる。

「死とか言わない。初対面でびっくりしますよね？　普段からこんな感じなので気にしないでくださいね」相方の岸本がすかさずフォローを入れている。

「ちなみにいまも呪いをかけてもらっている最中なんですよ。なんか有名な呪術師らしくて。まあ、何も起こってないですけどね。あ、ちなみに勝手に岸本さんにもかけてもらいました」早瀬の無邪気な会話に、岸本はあきれた様子で頭を振る。

「どんな呪いをかけたのか教えてくれないんですよ……」

早瀬と対照的に、岸本は常識人といった印象だった。トレードマークの眼鏡が知的な雰囲気を醸し出している。動きやすさを重視しているのか、キャップを被《かぶ》り、デニムにパーカーを合わせたカジュアルな装いだった。おそらく早瀬が自由すぎる分、いつもこうしたフォロー役を務めているのだろう。

都市GIRLSは動画で、都市伝説やオカルトを扱いつつも緻密な取材を繰り返し、客観的な視点で冷静に話をしている。そういった意味では、かなり心強い存在であることに間違いはない。今日も集合するとさっそくカフェに入り、和田夫妻から詳細な聞き取りを行っていた。


しばらく歩くと、広い庭を備えた西洋風の家が見えてきた。屋根以外すべてが白く、どこか不気味な美しさを醸し出すその家が、ドッグカウンセラーに指定された場所であった。

早瀬がためらうことなくチャイムを鳴らす。すると、家とは対照的に、黒いドレスに身を包んだ四十代と思わしき女性が現れた。

女性は真っ先にトモヤ君に近づくと、「緊張しちゃうよね」と声を掛け、それから皆に向かって挨拶をした。

修一は、忘れないように胸ポケットに挿したボールペン型のカメラのスイッチを入れた。都市GIRLSが許可を取ってくれたため、撮影自体は問題ないようだが、できるだけ多く情報をもって帰らなければ文句を言われるかもしれない。

戸田《とだ》と名乗ったドッグカウンセラーは皆を家の中に迎え入れると、和田夫妻に向かって、「お持ちいただいたものを確認させていただけますか？」と声を掛けた。

お金だろうか？　金額によっては超能力を謳《うた》った詐欺の可能性も捨てきれないのではないかと考えていると、見透かしたかのように戸田が修一に向かって言った。

「事前にアンケートをお願いしていたんです。あとはトモヤ君の写真をできるだけ持ってきていただくように」

自分の考えが見透かされたことに驚きを隠せず、「すみません」と答えると戸田はよく勘違いされるのだと話した。子どもの頃から自分の能力には気づいており、十年ほど前に人の役に立ちたいとの思いから、ドッグカウンセラーとしての活動を始めたそうだ。

数枚のアンケート用紙と大量の写真を受け取ると、「少しトモヤ君と二人きりになりたい」と言い残し、戸田はトモヤ君を抱きかかえたまま奥の部屋に入って行ってしまった。

部屋から出てくるのを待っている間、早瀬と岸本は撮影用カメラのセットを始め、和田夫妻は二人で不安を吐露しあっている。

修一は和田夫妻に、後で持参したアンケートと写真を記録に収めてもよいか確認し、続いてここまでの出来事を手帳に記録していた。

機材のセットも終わり、修一も記録をあらかた終えたが、戸田はなかなか部屋から出てこなかった。さらに三十分近く経《た》ち、ようやく現れた戸田は心做《こころな》しか先ほどよりも険しい表情をしているように見えた。

トモヤ君を和田夫妻のもとに返すと再び部屋に引き返し、大量の写真を持って戻ってきた。修一は記録を取るため、代わりに写真を受け取り、その間に早瀬がカメラの位置や動画にする際の匿名化などについて説明をする。撮影に関する説明が終わり、戸田が「では、始めましょうか」と一言発した瞬間、皆に緊張が走るのがわかった。

当然ながら、修一は超能力を目の当たりにしたことなどない。いよいよそのときを迎えることになったいま、自分の中にあった不安や緊張が、好奇心からくる期待へと変わっていくのを感じていた。

どのように犬の言葉を聞き取るのだろうか？

未知の言語を使用するかもしれない。

しかし、予想に反して和田夫妻に質問をすることから始まった。

トモヤ君が失踪したときの詳しい状況や、発見時の状態、普段の家族関係などを聞いていく。おそらくアンケートに記載されていない部分を確認しているのだろう。

ひとしきり質問をした後、最後に戸田が和田夫妻に尋ねた。

「では、お聞きしたいのはストレスの原因ということでよろしいでしょうか？」

「はい。でももし可能なら、いなくなっていた期間のことも聞いていただきたいです。どこにいたのかとか、つらい目に遭っていなかったかとか」

それを聞いた戸田は「わかりました」と答えた後、トモヤ君を抱きかかえて横から顔をのぞき込むようにしながら話しかけた。

「大変だったね。おうちにいなかったときはどこにいたの？」

当然、トモヤ君は何も話さないが、戸田は相槌《あいづち》を挟みながら質問を続けていく。しばらくすると和田夫妻に向かって、次々とトモヤ君の言葉を伝え始めた。

「和田さんの家にいなかったときは、知らない家にいたそうです。すごく優しくしてくれて嫌なことはなかったって言っています」

それを聞いた和田夫妻は、安心したようにお互いの顔を見合っている。

「でも、どうして知らない家にいたのかはわからないって言っています。お世話をしてくれていたのはお婆《ばあ》さんだそうですが」

そして、最後に戸田はストレスの原因について聞き始めた。

「いまは何が嫌なの？　何かつらいことがあるんでしょ？」

また相槌を返しているが、今回はやけに相槌の回数が多い。よっぽど複雑な事情を話しているのだろうか？

先ほどまではさらりと言葉を伝えていたが、この質問に関してはやや言いにくそうに口籠りながら戸田は話した。

「違う名前で呼ばれるのが嫌だって言っています」

「どういう意味ですか？」和田夫妻は顔をしかめながら言う。

「よくわからないのですが、家に帰ってきてから違う名前で呼ばれている、それが嫌だと言っています」

「その知らない家で過ごしている間に、自分の名前がわからなくなってしまったのでしょうか？」

「いや、そうではないようです」

しばらく同様の問答が続いたが、最終的には戸田が「これ以上はわからない」と言ったことで、トモヤ君との対話は終了となった。

最後のやり取りに不全感は残ったが、和田夫妻の表情は明るくなったように感じられた。おそらくひどい目に遭っていないと言われたことで安心したのだろう。

一方、戸田は和田夫妻からのお礼に対して、しっかりと答えられなかったためか、少し暗い顔をしていた。

しかし、修一は和田夫妻の気持ちを楽にするという点において、今回の出来事はよい方向に働いたことを実感し、戸田に対して尊敬の気持ちを抱いていた。

その後は、早瀬と岸本が戸田に対してインタビューを行うことになった。その間、修一はアンケート用紙を撮影し、一連の出来事についての感想などを手帳に書き込んでいた。そしてインタビューの終了と同時にこの日は解散となった。

帰り際、早瀬に「動画の中で、大学から調査に来ている学生さんってことで紹介してもいい？」と聞かれ、二つ返事で承諾した。あこがれのチャンネルに出演することがかなったうれしさに満たされながら、帰路についた。

違う名前で呼ばれるのが嫌

「――というわけで今回はですねー。犬と話すことができる、いわゆるアニマルコミュニケーターの方を取材させていただきました。これがなかなか興味深くてですね……」

研究室の机に置かれたタブレットでは、都市GIRLSの動画が流れており、佐伯、修一、結良の三人はのぞき込むようにその動画を見ていた。

「途中で取材風景が映るんですけど、そこに僕出てるんですよ」

「都市GIRLSなら私も行けばよかったなー」

「二人ともめちゃくちゃ優しい人でしたよ」

動画の中では、早瀬と岸本のやり取りがテンポよく進んでいく。

「今回はですね、突然家からいなくなって、一か月くらい経ってから何事もなかったかのように見つかったワンちゃんがいるんですけど、その空白の一か月のことを聞きに行ってきました」

「まず、その失踪事件がかなり謎ですけどね。いなくなったときの詳細とかはわかるんですか？」

動画ではトモヤ君がいなくなり、見つかるまでの経緯を丁寧に説明しており、その後で実際の取材映像が流れる構成となっていた。

取材時の動画では修一が必死にメモを取っている映像も使われており、編集のおかげでかなり様になっているように思われた。

「ほら、これ僕ですよ」

修一はうれしくなって画面を指さすが、佐伯も結良も動画の内容に夢中になっていて、反応は返ってこない。

そして動画では、戸田がトモヤ君の言葉を和田夫妻に伝える場面が映し出された。

すると佐伯が動画を見たまま、修一に向かって手を差し出した。

「修一君の手帳ちょっと見せて。あとアンケート用紙の写真も」

言われた通りにすると、佐伯は手帳の記録とアンケート用紙の画像を交互に見比べながら動画を巻き戻して再生している。

しばらくそれを繰り返すと、少しがっかりした様子でため息をついた。

「どうしたんですか？」

「この人、多分だけどものすごく勘がよくて、人の気持ちに敏感なだけだと思うよ。手帳に心を読まれたとか書いてあるでしょ？　ほら、お金取られるんじゃないかってところ……これほとんどの人は疑いの目で見るだろうから、カマをかけられているんだよ」

佐伯は徐々に落胆の色を濃くしながら続けた。

「アンケートもかなり細かく書かされているし、これだけ情報があったらそんなにずれないこと言えるでしょ。誰かの家にいたって言っても証明できないし」

結良も手帳をめくりながら、佐伯に同意を示していた。

動画は流れ続けている。

「違う名前で呼ばれるのが嫌だって言っています」

確か、これが最後の質問だったはずだ。結局、そんなに謎めいたことではなかったのだ。自分が調べてきた内容が、あっさりと否定されていくことに寂しさを感じていたそのとき、突然佐伯が動画を止めた。

しばらく沈黙が流れたのち、佐伯が強い口調で言った。

「和田さんが持ってきた写真って見られる？　あと修一君が撮ってきてくれた映像、そこのプロジェクターで流して」

矢継ぎ早に指示を出すと、さっきまでの落胆とは打って変わって真剣な表情で映像を見つめている。

修一の撮影した映像を見終わると、虚空を見つめて何かを思案している。そして、佐伯は言った。

「和田さんに、病院に行った方がいいって伝えて」

修一の立ち位置からでは、佐伯の表情を読み取ることはできないが、口元は微《かす》かに笑っているようにも見えた。そしてこう付け加えた。

「多分、和田さんたちの息子さんが行方不明になってると思うから」

後日、研究室を早瀬と岸本が訪ねてきた。

「早めに気づいてくれてよかったよ。動画すぐに非公開にできたし。でもその後も大変だったけどね」

そう言うと、早瀬はことの顚末を話し始めた。

和田夫妻には、智也《ともや》君という小学二年生になる息子がいたそうだ。トイプードルの本当の名前はブラン。そして智也君とブランは、同日に行方不明になっていたらしい。警察にも、しっかりと捜索願いが出されており、おそらく智也君が散歩に連れて行った際に、何かに巻き込まれたのだろうと考えられていたそうだ。

一人息子がいなくなるという極限のストレスにさらされた和田夫妻は、数週間のうちに智也君の存在自体を記憶から消し、息子がいなくなった事実から逃げた。そしていつしか智也君とブランを混同することになったようだ。

智也君はというと、両親が記憶を取り戻したと同時に見つかった――。

正確には帰宅した。和田夫妻が記憶を取り戻し、あわてて警察に行こうとした際に帰ってきたという。そして智也君は帰ってくるなり、「ブランがいなくなった」と泣き崩れてしまったらしい。

一か月以上も行方不明だったにもかかわらず、智也君は汚れ一つなく、どれだけ話を聞いても「さっき散歩に行ったばかり」としか答えなかったそうだ。

早瀬がここまで話すと、今度は岸本が佐伯に聞いた。

「なんで和田さんに息子がいるってわかったの？」

「最初から犬の名前が〝トモヤ〟っていうのが気になっていたんです。犬にしか付けない名前、犬にも人間にも付ける名前、トモヤはそのどっちでもないので」

佐伯は修一をちらりと見てからまた話し始める。

「修一君が撮ってくれた映像を見ていたのですが、和田さんが持ち込んだ写真に男の子が写っていたんですよ。しかも割と最近の写真に。それなのにアンケートには息子のことが書かれていなかった。だから、もしかしたら解離を引き起こしているかもしれないなと思って。戸田さんでしたっけ？　あの人もその辺りに違和感を抱いていたのかもしれないですね」

「解離？」結良が怪訝《けげん》な顔をする。

「解離ってなんです？」

早瀬は、佐伯と結良を交互に見ながら聞く。

「人間が心を守るためにもっている機能ですよ。それが場合によっては、障害に分類されるような出方をするんです。よかったら講義しましょうか？」

「気になるからお願い」

早瀬が興味津々で食いついたところに、岸本からストップがかかった。

「この後収録でしょ？　もう出ないと間に合わないからダメ」

「確かにちょっとやばいか……今度説明よろしく」

二人を外まで見送り研究室に戻ってくると、結良が解離の話を続けた。

「さっきの話ですけど、解離ってこんな出方することあるんですか？」

「ないとは言えない。でも僕も無理やり納得している感じかな」

修一は一年生のときに勉強をさぼったことを初めて後悔した。二人の会話についていくことができない。

佐伯はその気持ちを知ってか知らずか、今回の出来事をまとめ始めた。

「まず、行方不明になっていた智也君が一か月間もどうやって過ごしていたのかはわからないね。本人が『さっき散歩に行ったばかり』だって言っているのもよくわからない。伝承で言えば『神隠し』とか『天狗《てんぐ》の隠れ蓑《みの》』みたいな感じかな」

結良は頷いている。天狗の隠れ蓑の意味もわかったのだろうか？

「和田さん夫婦が息子のことを忘れていたのは、無理やり説明をしようとすれば解離が妥当かな。あとは健忘とか。とにかく息子が行方不明になったショックが強すぎて、そもそも息子がいたという記憶を切り離してしまった。でも多度さんが言うように、そんなに頻繁に起こることではないし、夫婦が同時にそんな症状を呈する確率は低いだろうね。でもないとは言えない」

そこまで聞いてはっきりと思い出した。

解離は、人間のもつ防衛機制と呼ばれる心をストレスから守るための作用で、つらい体験を切り離してしまう状態を指す。日常に影響が出るような解離が生じる場合は、解離性障害に分類される。今回の場合であれば「解離性健忘」と判断できるかもしれない。

「まあ、今回の件は怪異現象というよりも、心理的な問題が変わった形で表面化したって印象だな」

そう言いつつ、佐伯はどこか満足そうな笑みを浮かべている。

しかし、修一の心の靄《もや》は晴れていなかった。

心の問題……果たしてそれだけだろうか？

二人が同時に、息子の存在を忘れることなどあるのだろうか？

智也君はこの一か月以上も、どこでどのように過ごしていたのだろうか？

智也君が数時間の出来事のように話したのは、どういうことだろうか？

修一が消えることのない疑問について考えていると、佐伯が言った。

「修一君ファインプレーだったね。もし、君がここまで首を突っ込まず、和田さんたちが一生智也君のことを忘れていたら……」

修一に笑顔を向けて続ける。

「智也君は、このままいなくなっていたかもしれないね」

秘密

カウンセリングは、単純に人の話を聞く行為ではない。

「〝聴く〟技術のためにわざわざ大学院まで行かされるんだから。ただ話を聞くだけの行為に、人を支える役割をもたせるのは難しいんだよ」

多度結良《たどゆら》は、ゼミの指導教員、佐伯翼《さえきつばさ》の言葉を痛感していた。

先ほど話を聞いていた少年は、突然激怒し、理由もわからないままに結良を罵倒した。どんな話をしていただろうか？　家族の話、学校での話、成績の話、親友の話。改めて思い返してみても何がきっかけだったのかわからない。少年が落ち着くまで距離を取るため、結良は控室で待機するように言われていた。

ロッカーが整然と並んだ無機質な部屋で、インスタントの紅茶を飲みながら先ほどまでの会話を反芻《はんすう》していると、誰かが扉をノックした。応じると、扉がゆっくりと開き、職員の香川友恵《かがわともえ》が心配そうに顔を覗《のぞ》かせる。

「平気？　いきなりだったから驚いたよね？」

「いえ、私は大丈夫です。それよりもすみませんでした」

「謝らないで。多度さんのせいじゃないから。ここに来る子たちって、感情の起伏の激しい子が多くて。多分自分でもコントロールできない何かがあるんだと思う」

「あの子は大丈夫そうですか？」

「うん。今日は帰るって。最後は落ち着いてたから大丈夫。多度さんにも謝っておいてほしいって言っていたよ」

「そうですか」

それを聞いて、自分のせいで心を傷つけてしまったのではないかという不安が薄れていく。

「あの子は小学生の頃から不登校で、最近になって通信制の高校に通い始めたんだけど、またすぐに通えなくなっちゃったみたい。ここには中学生の頃から来ているんだけど、たまに癇癪《かんしゃく》を起こしちゃうことがあって」

「やっぱり、複雑な事情を抱えた子が多いんですね」

「そうね。怖くなっちゃった？」

怒りをぶつけられることは怖い。しかし、自分が傷つくことへの恐怖以上に、自分が他者の役に立てていないという無力感の方が圧倒的に勝っていた。そして、その無力感がそのまま恐怖につながっている。

臨床心理学を真剣に学んできたが、それでも先ほど話していた彼の役に立つどころか、傷つける結果に終わってしまったかもしれない。自分は四年間で少しも成長していないのではないかという考えが、頭をよぎってしまう。

「怖いというより、何もできなかったなって感じが強いです。迷惑かけてるなって」

それを聞くと、香川は少し驚いたような表情を見せてから優しい口調で言った。

「この『雲の家』はね、まだ法人にもなっていないの。子どもたちの居場所を作ろうって曖昧な理念に共感してくれた人たちが集まって、なんとかやってる感じ。だから多度さんみたいな大学生のボランティアが来てくれるなんて、それだけで百人力だよ」

そう言うと、香川は冷蔵庫からチョコレートを取り出して結良に渡した。ひんやりとしたチョコレートから、結良をねぎらう温かさが感じられた。

「もし、大丈夫そうだったらいつでも戻ってきて。ずっと多度さんのこと見てた女の子がいたから。多分話したがってると思うよ」

部屋を出ていく香川の背中を見つめながら、チョコレートの包みをほどき口に入れた。

結良が来ている「雲の家」は、高校生までを対象とした居場所を提供する支援団体であった。家庭環境や学校での問題などが原因で居場所を失った子どもたちが路上にたむろし、そこでさまざまなトラブルに巻き込まれるという出来事が社会問題として騒がれるようになったのは最近のことである。

その問題の根本は所属先がないこと、ひいては居場所がないことであると考えた有志の大人たちが、この組織を運営している。

所属しているボランティアサークルに、子どもたちの話し相手を募集するチラシが送られてきたことで「雲の家」を知った結良は、すぐに参加を決意した。

より多く実践の機会を増やしたいという思いと、何よりも自分が学んできた知識が誰かの助けになることへのうれしさに胸を躍らせたが、実際はそんなに簡単なことではなかった。

ボランティア初日、最初に話した子を激怒させてしまった。

佐伯だったら、上手く話せるのだろうか？

ゼミの後輩の沖山修一《おきやましゅういち》も、なんとなくだが上手く溶け込めそうな気がする。

どんどんとネガティブになっていく自分に気がつき、気持ちを切り替えようと鞄《かばん》からスマートフォンを取り出す。今回の困りごとを記録し、後日佐伯に質問をすれば、失敗も無駄にならないだろう。

佐伯も普段は碌《ろく》でもない部分が目立つが、臨床心理学にかかわる相談であれば教員らしく適切なアドバイスをくれるはずだ。そうだ、修一に来てもらってもいいかもしれない。知り合いがいれば少しは心に余裕をもてるだろう。

そう思って電源を入れると、二件の通知が入っていた。一件目は修一、次は佐伯からだった。

【本当にすみません。先輩が育てていたサボテン落として鉢が割れちゃいました。とりあえず庭とかに植えておいた方がよいですか？】

【ボランティアって今日からだよね？　いまの子たちの間でどんな都市伝説が流行っているか聞いてきて。あと修一君がサボテン割った（笑）】

結良は、修一にだけ【外に出すのは絶対ダメ。先生のティーカップがちょうどいいからそこに植えておいて】と返信をして、そのまま子どもたちのもとへ戻った。

「雲の家」は、古いオフィスを無理やり改築したような構造になっていた。

以前はどこかの会社が使用していたらしく、その名残が各所に見て取れる。予算の都合上、一部の壁を取り払って広い空間を作るための工事だけに留《とど》めたようだ。

しかし、子どもたちの過ごすスペースだけはきれいにリフォームされており、メインとなるスペースにはテレビやゲーム機も置かれていた。ソファに座り皆で騒いでいる者もいれば、部屋の隅にある椅子に座って本を読んでいる者もいる。

個別の相談を受ける際に使用する個室も用意されており、家庭的な雰囲気と子どもを守るためのシステムが見事に融合していた。

結良が部屋に戻ると、突然一人の女の子が声を掛けてきた。

「さっき大丈夫だった？　ビビってない？　めちゃくちゃキレられてたからもう帰っちゃうのかなって思ってた」

化粧で大人びて見えるが、子ども向けアニメのキャラクターが描かれたTシャツに派手なフリルのついたスカートを穿《は》いており、どこかちぐはぐな雰囲気をまとっている。結良を心配する口調も幼く感じられた。

「ありがとう。私が余計なことを言っちゃったのかな？　でももう大丈夫だよ」

「なんでキレちゃったの？」

「なんでだろう。家族の話とか友達の話とか聞いてたんだけど」

「なんかムカつくこと思い出したんじゃない？　家族の話とか絶対うざいし」

「なるほど。じゃあ知らないうちに私が聞かれたくないこと、聞いちゃったのかも」

そう答えると、女の子はあわてて笑顔を作りながら言った。

「いや、それだけでキレる方が悪いって。お姉さんは悪くないよ。っていうかお姉さん名前なんていうの？」

「あ、そうだったね。今日からボランティアで来ている星森《せいしん》大学の多度結良っていいます。えーっと名前聞いてもいい？」

「日葵《ひまり》。……っていうか結良さんめちゃくちゃかわいいよね。髪の毛の色超好き」

名前も含めてどことなくいまどきの子らしいなと思いつつ、結良は先ほどの香川の言葉を思い出していた。私と話したがっていた子というのは、この日葵ちゃんなのだろうか？

「ありがとう。もうすぐ染めないといけないんだけど、一回くらいはインナーをピンクにしてみたくてさ」

「色変えちゃうんだ。めっちゃ似合ってるのに。来たときからかわいいなって、話してみたいなって思ってたんだ」

やはり、私と話したがっていたというのはこの子なのだろう。

「ありがとう。じゃあ一緒に話そうよ。そういえば日葵ちゃんって何歳なの？」

「十七歳。あっち行こ」

日葵は結良の手を引き、部屋の喧騒《けんそう》から離れて、隅にある個室へ向かう。

結良の中にわずかな不安がよぎった。ためらいなく初対面の人の手を握る仕草や、会話での言葉選び、服装、声のトーン。それらの情報が、彼女もまた同世代の子どもと比べて、多くの苦い事情を抱えていることを証明しているような気がした。

二人きりになると、日葵は止まることなく話し始めた。髪の毛の色やネイルの流行り、好きなアイドルなど高校生らしい話題が続く。

ここではボランティアとして、カウンセリングのように深く話を聴きすぎず、話し相手になってほしいと言われている。このような会話がちょうどよいのだろう。結良は笑顔で相槌《あいづち》を打っていた。

「結良さんって大学で何やってるの？」

「え？　私？」

結良は、唐突な質問に一瞬戸惑ってしまった。

臨床心理学と答えると、精神的な問題に言及しなければならないかもしれず、それは日葵が抱えている課題を賦活させるのではないかという恐怖心があった。しかし、嘘《うそ》をつくわけにはいかない。

「私は心理学の勉強してるよ」

「心理学？　じゃあ、人の心を読んだりできるの？」

「それは難しいかな。人の話をちゃんと聴く方法を勉強してるって感じ。話聴くのが好きだからさ」

「人の話を聞くだけ？」

「基本はね。でもつらいときに誰かに話を聴いてもらうって意外と効果あるんだよ」

「ふーん。大学ってもっと研究とかするのかと思った」

「研究もするよ。うちの先生はよくわからない幽霊の研究とかしてるし……」

そう答えると、日葵は急に黙り込んでしまった。

できるだけ心の問題に焦点が当たらないように気を遣ったつもりであったが、それでも嫌な体験を想起させてしまったのだろうか？

先ほど怒鳴り散らしていた少年の顔が脳裏をよぎった。

しかし、日葵から放たれたのは意外な一言だった。

「――私、幽霊見たことあるんだ」


「雲の家」の個室には、木目調の机と椅子が置かれていた。深緑の壁紙と合わさり、森の中にいるような落ち着いた雰囲気を醸し出していた。

「あっちの部屋じゃダメなの？」

激情に駆られた少年の顔が頭をよぎる。できれば他の人もいる場所で話したい。

結良が尋ねると、日葵は少し困ったような表情を浮かべてから答えた。

「だって幽霊見たとか、まじめに話してたら変だって思われそうじゃん」

そうかもしれない。研究室では頻繁にそうした言葉が飛び交っているので、自然と受け入れてしまっていた。

「まあ、そうかもしれないね。私はそう思わないけど」

「本当？　いままで誰にも話したことないんだよね」

そう言うと日葵はわずかに沈黙した後、覚悟を決めたように話し始めた。

「私ね、いまはお母さんと二人で暮らしてるんだけど、小学生のときにお母さんが結婚して、急に弟ができたことがあったのね」

複雑な家庭の事情。この話を自分が不用意に聞いてしまってよいのだろうか。結良は戸惑ったが日葵は止まることなく話し続けた。

「いまはもう離婚してるんだけど、結婚してたとき最悪でさ。相手の男すごく態度も口も悪かったし、急に知らない子ども連れてこられて、弟だって言われて世話させられるし。お母さんもそのときは、私のことなんてどうでもいいって感じで」

「それは最悪だって思うよね」

結良は、大学での講義や実習の内容を必死に思い出しながら返事を探していた。

この場合はあまり深く聴きすぎない方がよいだろう。できる限り相手が使用した言葉を用いて返事をして、余計な質問をしないように心掛けた。

家族で心霊スポットへ

「でさ、私が小学三年生くらいのときに家族で心霊スポットに行ったの」

「心霊スポット？」

「うん。住んでたところの近くに山があって、そこに行ったんだけど」

「有名な山？」

「名前は知らないけど……」

話しながら日葵はスマートフォンを操作し、画面を結良に向けた。

「多分この辺だと思う」

スマートフォンの画面には地図が表示されており、長野県と群馬県の境にある国道が示されていた。

確かに山道ではあるが、具体的な山の名前が表示されているわけではなかった。

「四人で車に乗って行ったんだけど、気がついたらお母さんと再婚相手がいなくなってて、山の中で弟と二人きりになってたの」

「車ごと親がいなくなったってこと？」

「えーっと。その山の入り口に駐車場があって、そこで車を降りてみんなで山を歩いてたんだけど、気がついたらお母さんたちがいなくなってた感じ」

結良は必死に状況を理解しようと努めていた。

日葵と母親、再婚相手とその連れ子の四人で心霊スポットの山まで行った。麓にある駐車場に車を停《と》めて、山道を歩いている途中で突然両親がいなくなってしまったということでよいのだろうか？

　ここまでの話について強烈な違和感を抱いていたが、結良がそれを言語化する前に日葵は話を続けた。

「いきなり大人がいなくなっちゃったからすごく怖くて。弟も思いっきり泣いちゃって。めちゃくちゃ焦ってたときに、山の上から白いドレスを着た女の人が下りてきたの。すぐに幽霊だって思って、見つかったらやばいから弟を泣き止《や》ませようと頑張ったんだけど、弟は全然泣き止まなくて」

「確かにそれは怖いね。白い服の女って幽霊らしさ全開だし。弟さんっていくつだったの？」

「二つ下だから小学一年生だったと思う。それでね、どんどん女の人が近づいてくるから私も焦っちゃって……で、弟に静かにしてって怒鳴っちゃったんだ。大きな声出しちゃったから、こっちに気づいたかと思って見たらいなくなってて……」

「いなくなった？」

「うん。弟に怒鳴ってすぐに女の人の方見たらもういなくなってた。だからいまのうちに逃げようと思って振り返ったら、弟もいなくなってた」

「え？」

唐突な展開に、結良は言葉を失ってしまった。

常日頃、佐伯に怪談話を聞かされている結良にとって、この類《たぐい》の話はめずらしいものではなかった。しかし、日常生活の中で唐突に現れた怪異は、想像以上の衝撃を伴っていた。そしてその怪異は、日葵の現状と結びつくことでさらなる不安を生じさせる。

日葵は、現在母親と二人暮らしだと言っていた。離婚していると言っていたが、そのきっかけがこの弟の消失だとしたら？

最悪の場合、弟が亡くなってしまっていたら？

間違いなく、深い心の傷になっているだろう。

この話は臨床心理の視点からも安易に聴いていい話ではない。不用意に人の心に踏み込みすぎると、かえって相手を傷つけてしまう。

だが、結良がそれらのことを考えている間に日葵は話を続けてしまった。

「弟がいなくなって、捜したんだけど見つからなくて、また幽霊が来ても怖いし、一人で山を下って行ったんだ。とにかく車を停めた駐車場に戻ろうと思って。そうしたら車の中にお母さんたちがいたの。最初は私を見ても全然って感じだったんだけど、弟がいなくなったって言ったらさすがに二人ともあわてだして」

「二人とも車に戻ってたんだね」

話を止める方法も見つけられず、しかし黙っているだけというのも難しく、つい返事をしてしまった。

「うん。でもお母さんもその男も全然幽霊を見たこと信じてくれなくて……それで二人と一緒に幽霊が出た場所まで戻って弟を捜したの」

やはり、先ほどの不安は的中してしまったのかもしれない。子どもが幽霊を見たと言って素直に信じる大人はまずいない。日葵は話を信じてもらえず、弟をしっかり見ていなかったと責任を負わされたのだろう。

「そしたら弟すぐに見つかってさ」

「見つかったの？」

「うん。その道ってガードレールがあってその横がちょっと坂みたいになってるんだけど、そのガードレールが少し途切れてるところの下で倒れてて……」

「怪我《けが》とかは大丈夫だったの？」

「それは大丈夫だったよ。坂っていってもめちゃくちゃ急な坂とかじゃなかったから。かすり傷とかはあったけど大怪我はしてない」

結良は話の展開に振り回されつつも、安心していた。

もし亡くなったりしていたら大変だった。佐伯が言っていた通り、人の話を聴くというのはさまざまな難しさがある。話にストップをかける自然な方法や、会話をしながら素早く判断をしていくコツを聞く必要もあるかもしれない。

「そうなんだね。どうなったのかドキドキしちゃった」

「あ、うん。怪我はなくて、すぐに坂から連れ戻したんだけど……」

「うん」

「連れ戻した途端また大声で泣き出して……私も何が起こったかわからなかったから、みんなで何があったのか聞いたんだけど」

そこまで話すと日葵はうつむき、話が止まった。

わずかに緊張しているようにも見えるが、思い出して恐怖がよみがえったのだろうか？

「怖かったと思うし、無理に話さなくても……」

結良の話を遮るように、日葵は顔を上げる。瞳には涙が浮かんでいた。

「そうしたらあいつ、日葵お姉ちゃんに落とされたって言ったの」

「え……でも弟さんって気がついたらいなくなってたんだよね？」

「そうだよ。一瞬で消えるみたいな感じだったし。だから私もちゃんと何があったか説明したんだけど全然信じてもらえなくて……そのときから家で犯罪者って呼ばれるようになって……家の雰囲気悪くなって……離婚した」

返す言葉がなかった。結良が黙っていると、日葵は袖で涙を拭きながら言った。

「私、あの女に取り憑《つ》かれてたのかな……消えたんじゃなくて、取り憑かれたから記憶がないのかな。でもそんなことわからないし……やっぱりあの女が突き落としたんだと思うんだ……でも、どっちにしても私のせいで離婚しちゃったんだ。いまでもお母さんにそう言われる」

研究室の怪異？


翌日、結良は速足で研究室へ向かった。

普段は午後から研究室に行くことが多かったが、いてもたってもいられず講義も始まっていないような早い時間に大学へ来てしまった。

昨日、目の当たりにした涙が頭から離れない。

日葵はすべてを話し終えた後もしばらく泣き続け、結良はその涙が収まるのを待つことしかできなかった。

突然家にやってきた親の再婚相手に犯罪者などと呼ばれ、しまいには自分のせいで離婚に至ったと実の母親から責められる状況を想像すると胸が張り裂けそうになる。

そして、その原因が怪異によるものだということも、難しさの一因となっているように感じられた。誰にも信じてもらえず、自分でもはっきりとした答えを見出《みいだ》すことができないのは苦しいだろう。

しばらく泣いていた日葵だったが、十分ほどすると落ち着きを取り戻し、笑顔を作って結良に謝った。

「ごめんなさい。結良さん引いてない？」

「全然引いてないよ。気持ちは落ち着いてきた？」

「うん。もう大丈夫。自分でも泣くと思ってなくてびっくりした。初めて人に話したから。話したら少し楽になったかも」

「それならいいんだけど。でもつらかったら、学校とか病院でカウンセリング受けられるから相談してもいいと思うよ。授業とか出なくても学校の相談室だけ行くのもありだから」

「そうだね」日葵は少し目を逸《そ》らした後、小さな声で言った。

「結良さんまた来るよね？」

「うん。来週も来る予定だよ」

「じゃあ、そのときは洋服とか髪のカラーのこととか教えてほしい」

その言葉からは、重苦しい空気を少しでも軽くしようとする配慮が感じられた。同時に「次はこんな話をしないからまた来てほしい」というメッセージでもあるのだろう。結良は必ず来ることを約束して帰路についた。

佐伯に相談したい内容を整理していくうちに、初めて自分の指導教員が臨床心理学と怪異の二つを専門とする変わり者であったことに感謝した。

次に日葵と会ったとき、少しでも適切なかかわり方をするためにも、昨日の体験を共有し、より実践的な場面での振る舞いについて教えてもらう必要がある。そして可能なら怪異についても見解が聞きたかった。

大学の隅にある灰色の建物に到着し、その思いに突き動かされるまま勢いよく研究室の扉を開ける。

この早い時間にもかかわらず、研究室には佐伯と修一の二人がいた。佐伯はともかく、修一はいつもこんなに早い時間から研究室に来ているのだろうか？

「おはようございます。先生ちょっといいで……」

言いかけたところで、結良はあるものに目を奪われた。

佐伯は紅茶が好きらしく、研究室にはさまざまな種類の紅茶が置かれている。その紅茶は学生が自由に飲むことも許されており、結良も、その日に飲む紅茶を選ぶことがささやかな楽しみの一つになっていた。

その紅茶が置かれた棚に、大きな赤い文字で〝禁止〟と書かれた紙が張り付けられている。

「これなんですか？」

聞きながら佐伯を見ると、その答えがすぐにわかった。

机の上に置かれた高そうなティーカップからサボテンが顔を覗かせている。

修一に目をやると、部屋の隅で小さくなりながら上目使いで結良の方を見る。まさか本当にやるとは思わなかった。

「多度さんおはよう。じつは昨日この部屋で怪奇現象が起こってさ。修一君が多度さんのサボテンにぶつかって割っちゃったんだけど、代わりの入れ物を僕が探しに行って戻ってきたら、なぜかそのサボテンが僕のティーカップに入っていたんだよ。修一君はその後から何も言わなくなっちゃうし」

佐伯が長々と話している間も、修一は助けを求めるように結良を見つめている。

何をしているんだという意味を込めて修一をにらみつけると、修一はそれをどのように受け取ったのか、さらに小さく椅子に収まった。

佐伯はまだ話し続けている。

「この場合、サボテンの呪いなのか、それとも紅茶に関するものが呪われているのかわからないから紅茶は禁止にしたんだよ。修一君が素直に説明してくれればすぐに済むことなんだけど、なぜか話してくれなくてね」

私が真剣に悩んでいるときに、この二人は何をしているのだろう。

「そんなのどうでもいいから相談してもいいですか？」

「どうでもいいってひどいね。このティーカップ結構いい値段するんだけど」

「後で移し替えますから。それよりまじめな相談があるんです」

佐伯はティーカップに植えられたサボテンをまじまじと見ながら答えた。

「いまそんな気分じゃない」

「幽霊の話です」

さすがに二年間も一緒にいればわかっていた。この言葉を使えば佐伯は興味をもつに違いない。予想通り、すぐに振り向き、長い前髪の隙間から目を輝かせながら声のトーンを少し上げた。

「調べてきてくれたの？　どんな都市伝説が流行ってた？」

「いや、都市伝説とはちょっと違うんですけど」

そう言って結良は、日葵の体験談をその話していた際の様子も交えて伝えた。

佐伯は途中までは興味をもって聞いていたが、半分ほど聞いた辺りから再びサボテンを眺め始めた。

「それが原因で離婚したって泣き出しちゃったんです。来週も会うと思うからその前にどうやってかかわったらいいか聞きたくて」

話し終えると、佐伯はいつになくまじめな声で結良に尋ねた。

「もう少し具体的に、不安なところを言語化してみて」

「えーっと。私はボランティアで行っただけなのに、この話聴きすぎたらまずいかなって思っていて。でも表面的な話ばかりしていても、逃げているように思われるとも感じているので、どんなかかわりが日葵ちゃんのためになるのかアドバイスがほしいです」

「やっぱり、多度さんは優秀だね。臨床として見ても結構重たいケースみたいだね」

臨床心理学の世界では、医療や福祉などの現場を「臨床」と略す。「ケース」というのは日葵の抱えている事情や、それによって生じている日葵の状況を指す。つまり、ただのボランティアではなく、現場に近い対応が必要だということだろう。

「これだけ重たいケースの場合、多度さんが心配しているように、守られていない環境で中途半端に話を聴いたらダメだから、さりげなく医療機関とか学校とかに相談先を移すのがいいけど、それはどう思う？」

「それはもう伝えました。学校には行っていないみたいだから、相談する場所として学校のスクールカウンセラーは難しいかなとは思ったんですけど」

「そうだね。でもいきなり病院を勧めるのは、どう受け取られるかわからないから怖いしね。ちゃんと対応できてるじゃん」

「じゃあ、次に会ったときはやっぱり別の話をした方がいいってことですか？」

「そのボランティアで求められていることをすればいいんだよ。友達みたいな話し相手がほしいってことなら、友達同士がするような話をする。今回はちょっと聴きすぎちゃったみたいだけど、そのあとの方が大切だよ。重い話をしてもちゃんと会いに来てくれたっていう感覚がね」

佐伯の言うことは間違っていない。問題はそれを実践できるかどうかだろう。結良にその気がなくとも、日葵がまた話し始めてしまうかもしれない。

「でも、日葵ちゃんがそういう話をしたがったらどうすればいいんですか？　また個室で話したいとか言われたら」

「そうしたら断ればいいんじゃない？　さっきの理由をちゃんと説明してさ。自分の限界を伝えるのも大切なことだよ」

　確かにそうだが、日葵は悲しむだろう。佐伯の答えが正論だとわかってはいるが、実践に移す自信がもてなかった。

　結良が黙っていると、佐伯はそれを見透かしたように言った。

「まあ、確かに言いにくいし、短期的に見たら避けられたって思われるかもしれないね。それと、多度さんが今回のやり取りの中で一番気をつけないといけないのは、相手の感情から受ける影響だと思うよ」

「感情から受ける影響？」

「うん。共感は大切だけど客観的に見ているもう一人の自分も保つ。自分が頼られたうれしさとか、目の前で見た涙の衝撃とかそれらに影響を受けすぎないってこと。多度さんは相手の感情に揺さぶられすぎて、いつもの冷静さが発揮できてないよ」

「冷静さですか？」

聞き返しながら、結良は自分の言動を思い返していた。衝撃は受けていたが、努めて冷静に対応したつもりであった。

「そう。だっていつもの多度さんなら幽霊の話なんて信じてないでしょ？」

佐伯の言う通りだった。しかし……。

「でも、作り話っていう感じじゃなかったですよ。泣きながらすごく一所懸命に話していて」

「泣いていたら本当の話なの？」

その問いかけに結良は少しむっとした。佐伯は目の前であの涙を見ていないから、そんなことが言えるのだろう。

「じゃあ、嘘だったとしてなんの意味があるんですか？」

「多度さんと親密になれる。二人きりで話す時間を確保できる」

その可能性は考えていなかった。

しかし、佐伯の意見は少し冷たすぎやしないだろうか？

すると佐伯は、結良を真っ直《す》ぐ見つめながら付け加えた。

「それに僕は嘘だとは言っていないよ」

「どういう意味ですか？」

「その話はまったくの作り話ではない。もしかしたら、その子も本当のことだと思い込んでいるかもしれない」

普段の佐伯なら興味をもってもよい話だと思うが、今回はずいぶん否定的なようだ。怪異の話とは捉えていないようであった。

「修一君はいまの話を聞いてどう思った？」

突然話を振られた修一は、あわてて居住まいを正しながら答えた。

「えっと。すみません……僕も作り話かなって思って聞いてました」

「どこでそう思ったの？」

「いろいろあるんですけど、家族で心霊スポットに行くって状況がまったくイメージできなくて」

確かにその通りだ。昨日はそのまま受け入れてしまったが、家族で心霊スポットに行くことなどあるのだろうか？　修一はさらに続ける。

「幽霊の見た目もありきたりな感じですし、弟さんはその幽霊見てないんですよね？」

少なくとも、昨日は日葵だけが見たものとして語られていたはずだ。結良は黙って頷《うなず》いた。修一の意見を聞いた佐伯が問いかけてくる。

「なんで幽霊が見えたんだと思う？　いや、違うな。その幽霊にはどんな〝役割〟があると思う？」

「役割？　どういう意味ですか？」

結良がそう尋ねると佐伯は少し悩んだ後、サボテンが入ったティーカップを持ち上げて話し始める。

「たとえばこれ。昨日、僕が入れ物を探しに行っている間、修一君の前に幽霊が現れて、このサボテン入りティーカップを完成させたとしよう。そうすると助かる人物がいるよね？」

修一がまた顔を伏せてしまったので、代わりに答える。

「助かるのは修一君ですね」

「その通り。実際は修一君の奇行なんだろうけど、幽霊がこれをやったと言い張れば幽霊が責任を負ってくれる。多度さんが聞いた話の場合は誰が守られると思う？」

そこまで聞いた結良の頭には、すでに一つのエピソードが完成していた。

「日葵ちゃんですか？」

「そう。日葵ちゃんが弟を崖から突き落としていた場合、幽霊がやったにしろ、取り憑かれたにしろ言い訳ができる。特に自分の罪悪感に対してね」

筋は通っているが……。

「なんで、日葵ちゃんが弟を突き落とす必要があるんですか？」

「子どもはね、子どもでなくちゃいけない時期があるんだよ。そして子どもの面倒を見て責任を取るのは大人の仕事。でもその子は、まだ小学生の頃に突然知らない子どもを押し付けられた。嫌になる方が普通じゃない？」

日葵も世話をさせられていたことに対して、不満を口に出していた気もする。

「それにその涙にも意味があると思うよ。小さな子どもを突き落として、それが原因で離婚に至ったなんて一人で抱えていくにはつらいし、かといって誰かを殺そうとしたなんて話は気軽にできない。だから幽霊に助けを求めたんじゃない？　臨床現場では涙なんてよく見るし、あんまり影響受けすぎちゃダメだよ」

いまは反論する気になれなかった。あの涙が、秘密を抱えていることのつらさと、それを吐き出した安堵《あんど》からくるものだったのだとしたら、無意識のうちに感情が動いていたことにも納得がいく。

これほどに重大な秘密を共有してしまったのだから。

結良が何も言えずに黙っていると、修一が話し始めた。

「あの……今回みたいな話をされたとき、どうやってその幽霊が本当かどうか見極めたらいいんですか？」

急に話し出したと思ったら、何を言い出すのだろうか？

幽霊の話など信じるという選択肢があるはずはない。そこではっとした。

佐伯は結良の反応を見ると満足そうにほほ笑みを浮かべて、修一の質問に答えた。

「僕、怪異譚《たん》は好きだけど、臨床の現場に出ているときはすべて信じないよ。なんとしてでも理屈をつける。科学に基づかない医療は危険でしかないからね」

ただし、と佐伯は付け加える。

「そうではない場所で怪異譚を聞いた場合、どうだろうね。まずは他に目撃者がいるかどうか調べるかな。やっぱり複数人が目撃したとなれば〝何か〟があったのは、間違いないだろうからね」

「なるほど」

「なんで急にそんなこと聞くの？　もしかしてさっきの女の子の状況に自分を重ねてたのかな？　罪悪感を抱えたまま過ごしていくのはつらいよ」

言いながら佐伯はティーカップを持ち上げ、わざとらしくさまざまな角度から観察を始める。

そのやり取りを見て、結良は自分の居場所があることに安心感を覚えていた。昨日は強い孤独感に苛《さいな》まれていたが、こうして二人の馬鹿げたやり取りを見ていると肩の力が抜けてくる。

修一はしばらくうつむいていたが、結良を一瞥《いちべつ》した後、覚悟を決めたように立ち上がり佐伯に頭を下げながら言った。

「本当にすみませんでした。僕です。多度先輩にそうしろって言われて先生のティーカップにサボテンを入れました」

東京出身じゃない人

「佐伯君、ライブどうだった？」

〝こっくりさん〟をモチーフにしたTシャツを着た、ふくよかな男性が声を掛けてきた。

「楽しかったですよ。特に最後の話はすごかったですね。あれってどこの山の話なんですか？」

翌週、佐伯は知り合いのお笑い芸人が主催する怪談ライブに足を運んでいた。

「長野県。じつはまだスキー場として運営しているから、地名は出さないでくれって頼まれているんだよ」

網代《あじろ》実《みのる》は、話しながらケーキを一つつまみ上げて口に運んだ。人気お笑い芸人ともなると、机を埋め尽くすほどの差し入れがあるようだが、そのほとんどがケーキだった。おそらく、先日のテレビで甘い物に目がないと言った結果だろう。

網代は怪談を語るお笑い芸人として、夏にはテレビで見ない日がないほどの有名人であった。ファンからは名前をもじった「あみ」の通称で親しまれており、佐伯もその呼び方を借りていた。

「あみさん、一人でこのケーキ全部食べるんですか？」

「いや、さすがに……」

そう言いながら、すでに三個目のケーキに手を伸ばしている。

その様子を見ながら、佐伯は先ほどの怪談ライブで登場したいくつかの言葉を再び頭に浮かび上がらせていた。

長野県の山、それは先日聞いた結良の話でも出てきた単語であった。

あの話は、おそらく日葵という女の子によって修正が加わった記憶で間違いないと思うが、念のために確認しておいても問題はないであろう。

「あみさんって、心霊スポットたくさん行ってますよね？」

「うん。ロケもあるし、有名どころは全部行ってると思うよ。なんで？」

佐伯は、結良が見せてくれた場所を地図で表示し、網代に見せた。

「この山って心霊スポットとして聞いたことあります？」

「いや、知らないな。山っていうかこれ県境の道じゃないの？　この場所に何か出るの？」

この人が知らないのであれば、やはりここは心霊スポットではないのだろう。佐伯は微妙に情報を変えながら、結良から聞いた話を伝えた。

臨床心理学の世界では、守秘義務が何よりも重要視される。どのような状況においても、語ってくれた人物が特定されるような話をしてはならない。

そのため、日葵は幼稚園に通う男の子になったし、白いドレスの女は毛深い怪物に変換せざるを得なかった。

一通り話を聞いた網代は、何かに納得した様子で頷いた。

「あの事件憶《おぼ》えてる？　ほら三か月くらい前に男の子が山で行方不明になって、数日後に放置されていた廃自動車の中で発見されたやつ」

「ああ、かなり騒がれていたやつですよね。その山にもともと神隠しの伝説があったから、それなんじゃないかって」

「そうそれ。あれって僕みたいな人が聞いたらわかっちゃうんだけど……」

「あみさんみたいな人？」

「えーっと、東京出身じゃない人」

確か網代は山口県の出身だったはずだ。

「とにかく東京の人には想像もつかないかもしれないけど、山に近い地域だと子どもへのお仕置きとして山に置いてくるってことがあるんだよ」

「山に置いてくる？」

「うん。――っていっても、完全に置き去りにするとかじゃなくて、子どもを降ろした後、少し先で車に乗って親が待っててさ。それでも子どもとしては当然怖いでしょ？　だから最大級のお仕置きとしてやる人がいまだにいるんだよ」

「この現代でもですか？」

「さすがに昔ほどじゃないだろうけど、この前の事件とかは完全にそれだと思うよ。だからさっきの話も家族で心霊スポットに行ったんじゃなくて、お仕置きとして連れていかれたんじゃないかな？」

佐伯は、すべてがつながったように感じていた。

おそらく日葵の母親と再婚相手は、二人の時間を確保するために幼い子どもの世話を日葵に押し付けていたのだろう。そして、なんらかのきっかけで怒りを買ってしまった日葵と弟は、罰の一環として山に置き去りにされた。両親は突然いなくなったのではなく、二人を降ろして駐車場で下りてくるのを待っていたのではないだろうか？　そこに日葵だけが戻ってきたことで、両親は焦り、捜しに行ったところ弟は日葵に突き落とされたと証言した。

もし、この仮説が正しければ、日葵はただ母親が再婚した状況に適応できなかったわけではなく、虐待に近い行為を受けていたことになる。

「あみさん。ありがとうございます。すっきりしました」

「え？　いまの話ですっきりすることある？」

佐伯は楽屋を後にしながら、先ほどの仮説についてのメッセージを結良に送った。

白いドレスの女

結良はスマートフォンを鞄に投げ込んだ。

佐伯からのメッセージを読み、改めて日葵とのかかわり方について考えをまとめる。

やはり、友人として話し相手になることを目標として、多少無理にでも深い話は避けるようにしよう。虐待の可能性があるのならなおさらだ。

チョコレートを一つ口に放り込んで、子どもたちがいる部屋への扉を開けた。

「あ、結良さーん」

日葵がすぐに結良に気づいて走り寄ってくる。

「結良さんって、確か幽霊のこと研究してるんだよね？」

いろいろ間違えられてしまった。そんな変人は私のゼミの先生以外いないだろう。

「いや、私は心理学を……」

「あ、心理学と幽霊の研究か。じゃあ役に立つと思うからちょっと来て」

日葵に手を引かれて向かった先には、五人の男女が何やら話をして盛り上がってい
た。

「この前、心霊スポットの話したでしょ？」

頷きながら佐伯からのメッセージが頭をよぎる。できればその話は避けたいがどう
すべきだろうか？

「あそこにみんなで行ってきたんだけど」

日葵がそう言うと、その場にいた五人の高校生たちが口々に話し出した。

「あの山道マジでやばいっすよ」

「幽霊とか本当に出ると思わなかった」

状況が読み取れず、日葵に視線を送ると話し始める。

「この前ね、私が幽霊見た話したら、みんなで行ってみようってことになってドライ
ブのついでに行ってみたんだ。結構前だったけど田舎だから変わってなくてさ。その
ときやっぱりいたんだ。白いドレスの女の人」

「え？」

会話を男子生徒が引き継ぐ。

「絶対人だと思って、俺が声掛けに行ったんすよ。そうしたら突然こっちに向かって走ってきて。さすがにビビってすぐ逃げたんですけど、車で逃げても追いかけてきて。で、いきなり消えたんすよ。助かったかなって思ったら車の前の方に女の人が移動してて、焦ってブレーキかけたんですけど、その後で見たらもういなくなってて」

興奮した様子の男子生徒は、ものすごい速さでまくしたててくる。

あれは日葵の嘘ではなかったのか？

佐伯は言っていたはずだ。複数人の目撃者がいれば、そこに何かがあった可能性は高まると。

白いドレスの女は、日葵の記憶に住んでいるのではなかったのか？

そうでないとしたら、その山には何が潜んでいるのだろうか？

口の中でとけていくチョコレートからは、ただ冷たさだけが伝わってきた。

優しい嘘

引きこもった後輩

「これ、修一君《しゅういち》じゃない？」

ゼミの先輩、多度結良《たどゆら》が、研究室のソファに置かれた鞄《かばん》を指さしている。

近づいてみると微《かす》かに音がする。沖山修一《おきやま》は、自分の鞄のポケットを開ける。スマートフォンが光り、着信を知らせていた。しかし、画面に表示された番号には見覚えがない。

「はい。もしもし」

「あ、修一君？　よかったつながって」

「あのー……どちら様でしょうか？」

「突然ごめんんね。井口《いぐち》です。良平《りょうへい》の母です。修一君のお母さんから電話番号教えてもらって」

井口良平。一つ年下で柔道部の後輩であった。小学生の頃からの付き合いだが、修一が東京に出てきてからは良平の母親には会っていない。

「良平のお母さんですか。急にどうしたんですか？」

修一は、研究室にいる二人の邪魔にならないように返事をしながら部屋を出た。

「いや、良平のことなんだけど。この前、家に成績表が届いて。見てみたらなんか横線ばっかりになってて」

横線？　なんのことを言っているのだろうか？

「これって単位を落としてるってことでしょ？　心配になって連絡したんだけどまったく返事がなくて。尋常じゃないくらい横線があるのよ」

「ちょっと待ってください。大学が違うと成績の表記も違うので、横線がなんなのかわからないんですけど、アルファベットは書いてありますか？　AとかBとか書いてあるのでは？」

「アルファベットね。アルファベットは……英語Ⅱっていうのと経済史っていうのにはDって書いてあるわ」

D評価。大学によって成績表記の違いはあれど、おそらく単位を落としているということになるだろう。

となれば横線というのは成績判定対象外の表記かもしれない。履修登録はしているが、授業に出ておらず試験を受ける資格が得られなかったということになる。

そうなると、今学期の取得単位数は0になるので、留年は免れないだろう。

「良平とはいつから連絡が取れていないんですか？」

「いつだったかしら。でも去年の末には帰ってきたわよ」

「そのときは大学のこと何か言ってましたか？」

「特には言ってなかったと思うけど、ちょっと疲れた感じはあったかしら。やっぱりこの成績って相当まずいの？」

修一は悩んだ末に成績については口を挟まないことにした。良平の事情がわからない以上勝手なことは言わない方がよいだろう。

「成績は大学が違うのでなんとも言えないです。でも確かに連絡が取れないのは心配なので、僕からも連絡してみます」

良平の母親は何度もお礼を述べた後、こちらに連絡するように伝えてほしいと言い残して電話は切れた。

その後、すぐに良平に電話を掛けてみたが、延々と呼び出し音が鳴るだけだった。繰り返される単調な音楽を聞いていると、修一の中で不安が広がっていく。

星森《せいしん》大学ではないが、良平も東京の大学へ進み、地元を離れていた。東京に来てから一度遊びには行ったが、最近は会っていない。

良平は誰とでも仲良くなれるような明るさをもつ一方で、少し堅すぎるのではないかと感じるほどに生真面目だった。柔道部でも成績は一番だったし、遅刻や欠席をしているところなど見たことがない。

年齢は一つ下であったが高校三年生の頃、「大学生からは自立して、親に迷惑をかけたくない」と、大学の入学金を貯《た》めるために一年間アルバイトをしたため、学年は二つ下だった。

しかし、成績判定の対象にすらなっていないのであれば、おそらく講義に出席できていないのだろう。

あの良平に限って、だらしない生活が原因とは思えない。

修一はいてもたってもいられず研究室に戻ると、指導教員の佐伯翼《さえきつばさ》に言った。

「すみません。急用で今日は帰ります」

佐伯と結良はあっけにとられた顔をしている。

「急にどうしたの？　別にかまわないけど大丈夫？」

「ちょっと知り合いの様子が気になって。地元の後輩なんですけど、連絡がつかないってそいつの親から電話があったので家まで行ってきます」

結良があきれた様子で言った。

「お人好《ひとよ》しすぎるんじゃない？　あんまり不用意に相談に乗って、責任引き受けてきたらダメだよ」

それには佐伯も同意のようだった。

「様子を見に行くのはいいと思うけど、最後は親御さんにパスするんだよ」

二人のアドバイスに頷《うなず》き、修一はそのまま良平の家へ向かった。


記憶が正しければ、次の曲がり角の先にあったはずだ。目印の自動販売機を通り過ぎて、曲がり角に入ると、灰色のアパートが見えてきた。

ここで間違いない。オートロックの前に立ち、インターホンに３０５と入力し、呼び出しボタンを押す。しばらく経《た》っても反応はなく呼び出し音が切れてしまった。

外出しているのだろうか？　もう一度呼び出しの操作をしながら、何気なくオートロックのわきに設置されている郵便受けに目を向けて驚愕《きょうがく》した。３０５号室の郵便受けから、チラシや手紙があふれている。

しばらく家に帰っていないのだろうか？　それとも別の理由があるのだろうか？　焦燥感とともに二度目の呼び出し音を鳴らすと、少し経ってから暗い声が返ってきた。

「はい」

「良平？　修一だけどちょっと入ってもいいか？」問いかけたが返事はない。

しばらくすると、エントランスに無機質な金属の音が響き渡った。

オートロックに手を伸ばすと開いている。修一は勢いよくドアを開けると、急ぎ足で階段を上り、３０５号室のチャイムを鳴らした。

先ほどと同様に反応はない。ドアノブに手をかけ引いてみると鍵はかかっていなかった。恐る恐るドアを開ける。部屋の中は薄暗く、湿った臭《にお》いが立ち込めていた。

「良平？　入るよ？」

玄関のすぐ先にはキッチンがあり、右手と正面には扉がある。

以前来たときの記憶では、右手には風呂場とトイレがあり、正面は七畳ほどのリビングになっていたはずだ。

しかし、そのリビングに続く扉のすりガラスからは一切の光が見えなかった。

廊下を進むほどに悪臭が強くなっていく。一瞬ためらう気持ちが生じたが、修一は意を決してリビングへ続く扉を開けた。同時に何かが崩れるような音が響く。

遮光カーテンが閉め切られ、夕方だというのに室内は真っ暗だった。

入り口のすぐそばにある電気のスイッチを押し、部屋の様子が目に映った瞬間、修一は言葉を失った。部屋の中はあふれんばかりのごみで埋め尽くされており、フローリングが見えないほどになっている。

部屋の奥に置かれたベッドの上に体育座りをした良平がいた。

髪の毛は伸び切っており、目の周りにはひどい隈《くま》ができている。やせ細り、目が落ちくぼんでしまったことと相まって、眼球が抜け落ちたかのようにも見えた。

部屋に入ってきた修一を見ても反応を示さない。

「おい、良平。大丈夫か？」修一は良平のもとへと近づこうとした。

「そこを踏むな!!」

良平が突然大声を上げた。

あわてて立ち止まると、無理やりごみを押しのけて作られた布団一枚分ほどのスペースがあり、どうやらそこを踏まないように大声を上げたようだった。

明らかに普通の精神状態ではない。できる限り刺激しない方がよいと判断し、少し離れた位置から声を掛けた。

「わかった。無理やり入ってごめんな。おまえのお母さんから俺に連絡があったんだよ。大学に行っていないみたいだし、連絡も取れないからってすごく心配してたぞ。だから、とりあえず様子を見に来ようと思って」

そう伝えると良平は少し間を空けて、精気のない声で言った。

「怒鳴ってすみません。でもそこはダメなんです」

「そこ？　このスペースか？」

「はい」

「ここを踏んだらダメなんだな。じゃあこのままでいいから少し話を聞かせてくれないかな？」

すると良平はベッドから立ち上がり、ごみの山を無理やり動かし始めた。

しばらくすると、ごみの下から小さなテーブルが現れ、そのテーブルを挟むようにクッションを置いた。

「せっかく来てもらったのに散らかっていてすみません。よかったらここに座ってください。何か飲みますか？」

「ありがとう。飲み物は持ってるから大丈夫」

この部屋で出されるものを飲む気にはなれなかった。

「そうですか。でも先輩久しぶりですね。親の無理を聞いてもらってすみません。忙しくなかったんですか？」

「全然。いまは三年生だから授業も落ち着いてるし、やることもなかったから」

修一は努めて冷静に話をしながら、内心では戸惑っていた。

いままでさまざまな精神疾患についての講義を受けてきたし、病院へ実習に行ったこともある。しかし、いまの良平はそこで学んだどの疾患にも当てはまらないような気がした。

明らかに部屋の状態は普通ではないし、先ほど怒鳴り始めたときは会話すら不安であったが、いまの良平は以前のまじめさを取り戻しているように感じる。

このアンバランスさがより一層、修一を不安にさせた。

「大学行けてないのか？」

「はい」

「何か大学で困ったことでもあるのか？」

「いえ、そういうわけではないんです」

「もし力になれることがあるならなんでもするから、なんで良平がそうなっているのか教えてくれないか？」

すると良平はうつむいてしまった。伸びた前髪が顔を隠し、表情を窺《うかが》い知ることができない。

沈黙のさなか、修一はさまざまな可能性を模索していた。

バイト先などでトラブルに巻き込まれたのだろうか？

それとも金銭的問題だろうか？

なんにしても一度、良平の親には現状を報告した方がいいだろう。自分だけでどうにかできる状況だとは思えなかった。考えながらスマートフォンに手を伸ばしたとき、良平が消え入るような声で言った。

「信じてもらえないですよ」

良平は顔を伏せたまま、もう一度繰り返す。

「説明しても信じてもらえないです」

「いや、大丈夫。多分信じられるし、どうにかできる」

その返答に良平は驚いたように顔を上げた。まさか、こんなにあっさりと前向きな言葉が返ってくるとは思わなかったのだろう。

本来であれば、不穏さだけを生じさせるその言葉に、修一は活路を見出《みいだ》した気持ちになっていた。

心理的瑕疵物件

〝信じてもらえるはずがない〟

修一は佐伯ゼミに所属してからの半年ちょっとで、このセリフを何度も聞いている。普通に生活をしていれば聞くことのないこのセリフも、修一の耳に馴染《なじ》みつつあった。

そしていままでこのセリフから始まる問題を解決できなかったことはない。

「とにかく話してくれないか？　俺はおまえがおかしいとは思っていないから」

良平は、しばらくこちらを見つめた後、視線を修一のすぐ隣に移した。

「そこ……」

「ここ？　さっき俺が踏みそうになった場所？」

「はい」

足場もないほど散らかった部屋に不自然に空いたスペース。修一は自分の横にある何もない空間を見つめながら、言葉の続きを待った。

「そこで人が死んでいるんです」

「え？」

「この部屋の前の住人です。お婆《ばあ》さんなんですけど孤独死だったそうです」

「ちょっと待って」

修一の中で強烈な恐怖心が湧きたってきた。

この部屋で人が死んでいる？

いわゆる事故物件というやつだろうか？

「それを知っていて住んだの？」

「はい。全然幽霊とか信じていなかったので。ここ僕の叔父が持っているアパートなんです」

「なんで叔父さんは、そんな場所をおまえに使わせたんだよ」

「いや、僕がお願いしたんです。東京に出てくるとき、叔父がアパートを貸してくれるって提案してくれて。でもただってわけにはいかないですから断ったんです。お金を払わないなんて迷惑かけられないですし」

良平の生真面目な性格は変わっていないようだった。

叔父からすれば、東京に出てくるかわいい甥《おい》を手助けしたい気持ちで提案したのだろう。しかし、この堅物はお金を払わずに済む場所を借りることが受け入れられなかったに違いない。学費のために一年間進学を遅らせるほどのやつだ。当然といえば当然かもしれない。

「お金を払うって言ったんですけど、叔父も『おまえからお金なんてもらえない』って引いてくれなくて」

「おまえと叔父さん似てるんだな」

「そうですか？」

「まあ、いいや。それでなんで人が亡くなった家なんかに住むことになったの？」

「それは……結局、叔父も譲らないし、自分で住むところは探すって言ったんですけど。この部屋、お婆さんが死んでから借り手が見つからなかったらしくて。僕が四年間住むと告知義務がなくなるらしいんです」

修一は、頭の中で佐伯の講義を思い出していた。

確か、孤独死のように死因がはっきりとせず、そこに住む人のストレスになるような要素がある家を「心理的瑕疵《かし》物件」と言っていた。通常は住人にその事実を伝えなければならないが、一定期間経てば告知の必要もなくなるのではなかっただろうか？

良平が四年間この部屋で過ごせば、老人の死を伝える必要もなくなり、叔父さんにとっても利益があるということで折り合いをつけたのだろう。二年ほど前の記憶なので、おぼろげだが大筋は間違っていないはずだ。

ところで佐伯は入学したての学生に何を教えているのだろう。講義の途中で脱線し、笑顔で事故物件について話している佐伯に頭の中でツッコミを入れながら、良平の話を整理して伝え返した。

「じゃあ、実際に住んでみたらやっぱり気持ちが悪くなって、調子も崩れてきたってこと？」

「いや……」

良平は急に言葉を詰まらせた。最初は小声で何を言っているのかわからなかったが、何度か修一が聞き返していると突然大きな声で怒鳴った。

「見るんですよ！　夜に！　もう毎晩見るんです！」

「見るって何を？」

「最初は夢に出てきたんです。寝ぼけてたのかなって……勘違いかなって思ったけど、白髪も落ちてるし、いつも同じところに座ってるし。孤独死って言ってたのにすごい怖い顔してるし」

なだめるように声を掛けながら、一つひとつ言葉を拾っていく。興奮していて要領を得ないが、訴えていることはなんとなく伝わってきた。夜に、亡くなったはずのお婆さんが現れるということなのだろう。

良平はその勢いのままに断片的な情報をすべて吐き出すと、今度は泣き出してしまった。どうやら、半年ほど前から深夜に現れるお婆さんに悩まされていたが、奇異な目で見られることを恐れて、誰にも相談できずにいたらしい。

「話してくれてありがとう。とりあえず今日は俺の家に来いよ。後で全部聞くから。とにかくここを出ないと」

病気か？　怪異か？

「最初は夢にお婆さんが出てきたんだそうです。リアルな夢だったので怖くて飛び起きてということを繰り返していて。でもあるとき、ふと部屋に目を向けると夢で見たのと同じ場所にお婆さんが座っていたそうです。夢から出てきたって感じで話していました。初めの頃は毎日ではなかったのでなんとか我慢していたそうなんですけど、そうしたら今度は白髪が落ちていることもあったらしくて。極めつきは、そのお婆さんがだんだん顔を上げて自分の方を見るようになったことだそうです。その表情が明らかに怒っていたそうで、その顔が頭から離れなくて、できる限り眠らない生活を続けていたらしいです」

都市GIRLSの岸本真子《きしもとまこ》は真剣な顔で聞いてくれている。対して、佐伯はどこか面倒くさそうに頬杖《ほおづえ》をついていた。

以前の撮影の際には、てきぱきと作業を進めている様子から岸本に対してクールな印象をもっていたが、その真摯な態度は佐伯の百倍好感がもてた。

「じゃあ、その良平君は幽霊の存在は受け入れていて、徐々に距離が近づいてきている……現実になってきているっていう方が適切なのかな？　これから何が起こるのか不安になっている感じなんだね？」

トレードマークのキャップの鍔《つば》を指で持ち上げながら、岸本が聞いてくる。

「はい。眠るたびにだんだん変わっていっている感じが怖いそうです。表情もすごく怖いらしくて、孤独死というより、誰かに殺されたんじゃないかって」

「ストップ」佐伯が話を遮った。

「飛躍しすぎ」

「すみません」

修一が謝ると岸本がフォローに入ってくれた。

「翼君、厳しくない？　なんでそんなに修一君に厳しいのさ？」

「修一君の心配性が悪い方向に働いているからだよ。途中から陰陽師《おんみょうじ》か何かになったつもりで、その子の話、聞いてたでしょ？」

そう言われると、途中から怪異がキーワードになっていることに気がつき、自分が専門家であるような気持ちになっていたかもしれない。少なくとも平然と受け入れてしまった。

「その話自体は面白いんだけどさ。僕的にはやっぱり病気の線も捨てきれないから、あんまり深入りしない方がいいと思うんだよね」

それには岸本が食いついた。

「君が興味をもつ話とそうじゃない話の境界はなんなのさ？　どこら辺が病気だと思うの？」

「いや、病気だとは言っていないよ。ただ超が付くほどまじめなところとか、部屋の様子とかいろいろ気になるんだよ」

「だから、それのどこが気になるの？」

「まじめな人の方が何かに追い詰められたりすると脆《もろ》いんだよ。新しい環境になったりとかさ。部屋が散らかっていく、風呂に入らなくなる辺りもちょっと不穏だし」

それに対して岸本がさらに食って掛かった。話はどんどん逸《そ》れていき、最終的には佐伯の口調について岸本が文句を言い始めた。

この二人はどういう関係なのだろうか？

今朝、良平の件を相談するために研究室にやってくると、すでに岸本が訪ねてきており、ホワイトボードいっぱいに聞いたこともないような単語が書き連ねてあった。

簡略化された日本地図の数か所に赤い印がついていたり、人の名前に横線が引かれていたりと何やら物騒な情報の前で言い争っていた二人は、修一が部屋に入って来てもしばらくは気づかなかった。

同じような年齢に見えるが、どのようにして知り合ったのだろうか？

いや、いまはそんなことはどうでもいい。大切な後輩のトラブルを一刻も早く解決したい。勇気を出して二人の間に割って入ろうとしたそのとき、岸本が言い放った。

「じゃあ、うちのチャンネルで調査するよ。張り込みで。密着で」

「それはいいじゃない。修一君。日本を代表するトップユーチューバーが真相解明に乗り出してくれるってよ」

「あ、ちょっと待って。もう一回言って。その嫌みも動画に入れるから」

たまらず口を挟んだ。

「ちょっと落ち着いてください。良平に聞いてみないと……」

「じゃあ、その子の連絡先教えて」

言い争いの勢いそのままに聞かれ、修一の中には従う以外に選択肢が浮かばなかった。

なんでこんなときに限って、多度先輩はいないのだろうか？

「じゃあ、僕から事情を話してみます。でも、本当にまじめというか……融通が利かないところがあるので、断られるかもしれないですよ？」

良平は、おそらくオカルトの類《たぐい》を信じるようなタイプではないだろう。生真面目な性格は、裏を返せば曖昧なものを受け入れる心の余白がないようにも感じられる。おそらく、いままで幽霊が存在する可能性など微塵《みじん》も考えていなかったであろう。にもかかわらず、理屈で説明できない現象に追い詰められ、その矛盾が葛藤となっているのではないだろうか？

そんな状態の者が、怪異をエンタメとして捉えている佐伯や岸本に協力的だとは思えなかった。

先ほどの修一の一言からこの背景を読み取ったのか、佐伯がいつもの調子で言う。

「こう言ってもらえる？」

嫌な予感しかしなかった。

「知り合いに怪異現象を研究している有名人がいて、その人に話したら北海道から陰陽師を呼んでくれるって。もちろんお金はいらないって。あと、良平君を心配して御《お》祓《はら》いが済むまでの間、ホテルオークラの部屋を取ってくれたから、そこで過ごすようにって」

碌でもない作戦

数日後、修一は都市GIRLSの岸本と早瀬広海《はやせひろみ》とともに良平の部屋に来ていた。

早瀬は床に這《は》いつくばって、まじまじとお婆さんが亡くなったであろう場所を見つめている。岸本はごみのせいでカメラの設置場所に苦労しているようだった。

「修一君。ちょっとコンセント探してくれる?」

改めて部屋を見るとひどい有様だった。幸いにも食べ物は捨てられていなかったが、それは良平が食事をとっていないということにもなるのだろう。

埃《ほこり》まみれの電気ケトルを発見し、その近くにコンセントがないか探していると、岸本がカメラから延びたコードを修一の方に放り投げながら言った。

「でもすんなり撮影の許可下りたね。場所は伏せるってことになったけどさ」

「ああ、それは……」修一は数日前のことを思い出していた。

撮影をすることが決まったあの日、修一の部屋で待っていた良平に佐伯の言葉をそのまま伝えると、良平は恐縮した様子でその申し出を断った。

「いや、待ってください。北海道から来てもらうんですか？　飛行機代とかかかるじゃないですか。それにホテルオークラってめちゃくちゃ高いし、申し訳ないですよ。そんな迷惑はかけられないので大丈夫です……」

修一はその反応を見て、佐伯が出した提案の真意を悟った。確かに良平と叔父のやり取りは伝えたが、それだけでこの碌《ろく》でもない作戦を思いついたのだろうか？　やはり佐伯はなんだかんだと言っても、今回の出来事に興味があったのだろう。

「そうだよな。代わりにっていったら変だけど、YouTubeの撮影とか入っても大丈夫かな？　なんか超常現象を解明するって番組を作ってるらしくてさ。それなら向こうにもメリットがあるし」

良平は悩んでいる様子だったが結末は見えていた。佐伯は、良平と叔父が交わした約束を再現したのだろう。良平の性格では一方的に施しを受けることは了承しない。しかし、人の好意も無下にできないと踏んでの提案だった。

結局、良平は御祓いをしてもらうことと引き換えに撮影を了承してくれた。だが、ホテルに泊まることだけは心苦しかったようで、修一の部屋にしばらく泊めてほしいと頭を下げた。

もしかすると、佐伯はホテルを断ることも計算に入れていたのかもしれない。

発見したコンセントの周りを片付けながら修一は言った。

「先生の碌でもない作戦のおかげです」

それを聞いた岸本は苦い顔をする。

「爽やかぶっているけど、性格終わってるからね」

結良以上に辛辣な物言いだった。

修一は以前から気になっていたことを聞いてみた。

「先生とお二人ってどういう知り合いなんですか？」

早瀬が床に這いつくばったまま答える。

「五年くらい前に、まだ生贄《いけにえ》の風習が残ってる村で会ったんだよ」

「生贄？」

「うん。結局ガセネタっていうか、噂《うわさ》が大きくなってるだけだったけどね」

「それって一緒に調査に行ったとか？」

「いや、偶然だよ。同じ噂を聞いてたまたま同じタイミングで村に来てたの」

岸本が続ける。

「ファンだとか言って声掛けてきてさ。こっちも気をよくして一緒にお酒飲んだら何されたと思う?」

「えっと……」

修一の頭に浮かんだ回答は、到底言葉にすることなどできない内容だったが、真実はその斜め上を行っていた。

「あいつ酔った私のこと村の外れに放置して、生贄にされるかどうかずっと見てたんだよ」

自分の口からとっさに「すみません」と言葉が漏れていた。

それを動画にされたら、佐伯の社会的な立場は崩れ去るのではないだろうか?

「まあ、面白いからそれから一緒に調査したりするようになったんだけどね。心理学の専門家って周りにいなかったし」

冷静な岸本と対照的に、早瀬はどこか型破りな性格が佐伯と重なるように感じられた。おそらく二人の間に挟まれた岸本は散々な目に遭ってきたのだろう。

そんな話をしながら岸本はカメラの設置を終えると、撮影の計画について説明を始めた。

三日間、この部屋で修一に生活してもらい、就寝する頃にカメラを起動させて寝ている様子を撮影するとのことであった。もちろん修一にも抵抗はあったが、まさか女性をこの部屋で寝かせるわけにはいかないという正義感でその役割を引き受けていた。

カメラの使い方について、説明を受けながらあることが気になった。設置された二台のカメラは、どちらも例のスペースの方を向いている。

寝ている様子を撮影しなくてもよいのだろうか？　もしかすると、うなされたり、金縛りに遭ったりするかもしれない。その疑問を投げかけると、都市GIRLSの二人はさも当然といった具合で答えた。

「うん？　そのスペースで寝るんだよ？」

統合失調症好発年齢

「結局何も現れませんでしたよ。幽霊どころか、夢にもお婆さんなんて出てこなかったです」

怒りを込めて話す修一には見向きもせず、佐伯と結良は録画された映像に見入っていた。

「修一君、よく人が死んでた場所で眠れるね。信じられない」

結良は映像の中ですやすやと眠っている修一を見つめながら、軽蔑を孕《はら》んだ口調で言った。

「僕だって、まさかここで寝かされると思ってませんでしたよ」

ここ数日の出来事でストレスが溜《た》まっているのは明白だった。人が亡くなった部屋で生活したことなどなかったが、想像以上に大きな負担が修一にのしかかっていた。あんな部屋で一年近く生活していれば、良平のようになってしまうのも当然だ。

映像を見ていた佐伯も、特に興味をそそられなかったのか修一の方を振り返り冷めた口調で言った。

「とにかく。良平君だっけ？　親御さんに連絡して、できれば病院に行くことを勧めてあげた方がいいよ。君たちの年齢って統合失調症の好発年齢なんだよ。幽霊のせいにしてないで、早めにしっかりとした治療を受けさせてあげた方がいいよ」

突然発せられた「統合失調症」という単語に、少し驚きながら修一は答えた。

「一応、学生相談室は勧めましたけど。でも急に統合失調症なんて……」

「なるんだよ。新しい環境っていうのは予想以上に大きなストレスになることもあるんだから」

確かに、講義で聞いた症状に近いものがないわけではなかった。統合失調症は認知機能が低下する、急激な興奮が生じる、外界との接触を断つなどのさまざまな症状が引き起こされる。幻覚や妄想も症状に含まれていたはずだ。

佐伯は再び映像の方に向き直り、早送りをしながら続きを見始めた。そして思い出したかのように付け加える。

「修一君、体調に変化はない？」

自分のゼミ生をよくもここまで冷徹に扱えるものだ。まるで実験でもしているかのようだった。

「ありませんよ。まあ、こんな部屋で生活してたから、ちょっと調子は悪いですけど。毎日帰るのが本当に苦痛でしたよ。部屋に近づくとどんどん足が重くなっていく感覚というか……」

「どういう意味？」佐伯が不思議そうな顔を修一の方に向ける。

「どういう意味って、この部屋に戻るだけでも憂鬱で、階段を一段上るたびに嫌なオーラを感じるというか。でも普通の人なら嫌な気持ちになりますよ。こんな部屋で寝泊まりするの」

しかし、佐伯はどこか納得のいかない様子で考え込んでいる。まさか、人にとって当たり前のそんな感覚も持ち合わせていないということはないだろう。

「僕は三日間だけでしたけど、それでもこんなにストレス感じるんですから。一年近くこんな部屋で過ごして、それでもあと三年も過ごさないといけないなんて病気にもなりますよ」

それを聞いた佐伯は、さらに顔をしかめた。

「そういえば、なんで良平君ってこの部屋から引っ越さなかったの？」

「だから叔父さんと約束してたんですよ。四年間暮らせば告知義務がなくなるからって」

「いや、この前は四年間暮らすなんて言ってなかったよ」

そこまで細かいことは言わなかったかもしれないが、ここまで頑張ってるのに責められるのはあまりにも自分が不憫《ふびん》に思えた。

今日はもう帰って休もうと、鞄を抱えながら映像を見つめる佐伯の背中に言った。

「病院は勧めておきますから、せめて御祓いだけはしてあげてくださいよ。陰陽師に何ができるのか知らないですけど」

「陰陽師？　ああ、北海道の陰陽師ね。さすがに僕も陰陽師の知り合いなんていな……」佐伯の声が徐々に小さくなっていく。

まさか陰陽師も嘘《うそ》だったのだろうか？　そうなると良平には嘘しかついていないことになってしまう。さすがに一言文句を言ってやろうと修一が口を開きかけたそのとき、佐伯が映像を止めて振り返った。その表情は愉悦に浸っていた。

これまでとは一転し、愉《たの》しげな口調で話し始める。

「修一君さ、良平君の叔父さんにいまの状況、話しておいで」

「叔父さんにですか？　良平が嫌がりそうな気もするんですけど」

「いや、御祓いよりもそっちの方が効果あると思うよ」

「なんでですか？」

佐伯は自信に満ちあふれた顔で言った。

「叔父さんは僕と同じ。嘘つきだから」

嘘の契約

星森大学には二か所の食堂があるが、研究室に近いこの食堂が修一の行きつけだった。

いつもは研究室へ向かう前に一人で来ることが多いが、めずらしくテーブルを挟んだ向かい側には結良が座っていた。

丁寧な仕草で魚の骨を取り除いている。

「先輩って箸の持ち方、意外ときれいなんですね」

「意外と?」

「あ、いや。口調とか髪の毛の色から勝手に……イメージもってました」

結良が箸を置いてため息をつく。

「修一君はもう少し嘘とかお世辞を言えるようになった方がいいよ」

その言葉が修一の頭の中で反響する。

嘘。今回の出来事はすべてそこから始まっていた。

結良の言葉が修一の意識を食堂に呼び戻す。

「で、結局どういうことだったの？　あの部屋でお婆さんが亡くなったっていうのは嘘だったの？」

「はい。あの部屋、誰も死んだりしていませんでした」

「なんでその人は、そんな悪趣味な嘘ついたのよ」

「それは、良平からお金を受け取らずに部屋を貸すためです」

それが今回の真実だった。学費まで自ら用意した良平が少しでも気楽に大学生活を送れるように。せめて住むところくらいは苦労しないように。

その思いで良平の叔父は嘘の契約を持ち掛けていた。

「なんで先生はそれに気づいたの？」

「ところどころ気にはなっていたらしいですけど、一番は自分も良平に嘘をついたからだそうです。良平の叔父さんと自分は同じ穴の狢《むじな》だって」

「全然違うじゃない。相手のためを思った嘘と、自分のことしか考えていない嘘。どこが同じ穴の狢なのよ」

正反対の理由から生まれた嘘だったが、皮肉にも良平を追い詰めたのは〝優しい嘘〟で、それを救うことになったのは〝身勝手な嘘〟だった。

佐伯は言っていた。思い込みの力は強いのだと。その負のエネルギーは修一も身をもって体験していた。確かに修一が寝泊まりした三日間、あの部屋には不気味な雰気が漂い、それにあてられたことは事実だった。

「他にもいろいろ言ってましたよ。高齢のお婆さんが住むのにエレベーターがない建物の三階はきついだろうとか」

「エレベーターなかったの?」

「なかったですよ。足が重くなる気がするって話すまで、先生も当然エレベーターがあると思ってたらしいですけど」

「人の話を細かく聴いてるところだけはカウンセラーっぽいのね」

「四年間その部屋に住まないといけないってところも引っかかったらしいです。一度誰かが住むと告知義務はなくなるみたいなんですけど、その期間とかは曖昧なんですって」

「なるほどね。四年っていうのは大学を卒業するまでの年数だったってことね。卒業するまで住めるように」

「そうみたいです。良平も叔父さんの話を聞いてからだんだん元気になって」

良平は真実を知ってから、驚くほどの勢いで調子を取り戻していった。

その様子を見ていると、人の心の不思議に改めて興味が湧いてくる。

人は思い込みからどれほどの影響を受けるのだろうか？

もし、真実を知るのがもう少し遅ければ、本当に統合失調症を発症していたのではないだろうか？

「先輩は、あのままだったら良平が病気になっていたと思いますか？」

目の前の優秀な先輩に質問を投げかける。

「なってたんじゃない？　思い込みだとしても、ストレスの原因として捉えるなら事実と変わりないだろうし」

「それが嘘だとわからなければ、真実と変わらないってことですか？」

「そう。嘘が基になって生まれる真《まこと》もあるってこと」

「そんなふうに考えると、どんな理由があっても嘘をつくって罪ですね」

そう答えながら佐伯の顔を思い浮かべていた。今回の一件だけでも、北海道から陰陽師が来るだの、高級ホテルに泊まらせてやるだのと散々嘘をついていたが、あの性格が原因でトラブルになったことはないのだろうか？

そういえば……。

「先輩、先生が言っていた陰陽師ってあれ嘘ですよね？」

結良はあきれた様子で答える。

「当然でしょ。陰陽師なんて……」

「そうですよね。じつは御祓いをするって言ったときに良平から渡されたものがあったんですけど。どうしよう」

「何渡されたの？」

「何かの箱です」

鞄の底からスチール製の箱を取り出した。

「何それ？」

「わからないです。すっかり忘れてました」

修一は箱の蓋を取った。

そこには、大量の白髪が入っていた。全身に悪寒が走る。

「先輩……これ……何かの間違いですよね？」

夕焼け恐怖症

「手伝おうか?」

驚いて振り返ると、そこには同級生の佐伯翼《さえきつばさ》がいた。テニスラケットをくるくると回しながらコートブラシを顎で指す。

「いや、今日は僕の担当だし大丈夫だよ」

申し出を断りつつ、コートブラシに手をかける。

佐伯は挨拶を口にすると校舎に戻っていった。

その後ろ姿を見送りながら、赤石望《あかいしのぞむ》はテニスコートの整備を始めた。皆が走り回り、砂が飛び散ったテニスコートをきれいに均《なら》していく。

一年生は部活が終わった後に道具を片付け、テニスコートを整備することが神代《かみしろ》中学テニス部の決まりだった。

その担当は持ち回りで定められており、通常は二人組で行うのだが、今日はペアの相手が部活を休んでいるため、望が一人で担当することになってしまった。

部活の終わりに雑用を進んで引き受ける余裕はないのだろう。友人たちは先に校舎へ戻ってしまっていた。

唯一、声を掛けてくれたのは佐伯だった。佐伯は一年生ながらレギュラーに選ばれている。テニスを始めたばかりの望とは異なる練習グループに属しているため、部活中に話をする機会はあまりなかった。クラスも異なるので直接会話を交わしたことはほとんどなかったが、いろいろな噂《うわさ》は望の耳にも入っていた。

授業中はほとんど寝ており体育以外の成績はすべて1だとか、休み時間はずっと動物の図鑑を広げているだとか、近所の人に怖い話を聞いて回っているだとか、どこまで本当なのかはわからないが変わり者であることに間違いはなかった。

実際、望が初対面で話をしたときも二言目に出てきたのは「何か不思議な体験したことってある？」という、意図の汲《く》みにくい質問だった。

通っていた小学校の七不思議があるときから五つ増えて「十二不思議」になった話をしたところ、一時間近く質問攻めに遭うこととなった。怪談話をするよりも、一人で黙々とコートの掃除をしている方が気は楽だ。

そんなことを思いながらコートブラシを引きずっていると、十分ほどで半分が終わった。反対側の整備を始めようとひと息つく。気合を入れなおして振り返ったとき、時が止まったような衝撃を受けた。

美しい。

そこには、夕日によって緋色《ひいろ》に染まった世界が広がっていた。

もちろん夕焼けはいままでも見たことがある。昔からどこか哀愁の漂うこの時間が好きだったが、今日の夕焼けはいつも以上に特別な時間に思える。一人で雑用をこなしている状況と相まって、センチメンタルになっているのかもしれない。

その美しさに心を奪われていると、突然地面が波打つような感覚に襲われた。

立ちくらみかもしれない。もしかすると風邪でも引いてしまったのだろうか？

まだ半分ほどコートの整備は終わっていないが仕方ない。コートブラシをフェンスに立てかけると、一度教室に戻り休憩を取ることに決めた。

テニスコートから教室までの距離はさほど遠くはないので、戻ってくるのも大きな手間とはならないだろう。都内にある中学校の中では広い部類に入るであろうグラウンドを横断し、学校のシンボルとなる大きな時計塔広場を抜ければ、教室のある校舎は目の前だった。

見慣れた校舎だが、何かがいつもと違うように感じられる。

望は部活の疲れで重くなった足をゆっくりと交互に動かしながら、三階にある一年生の教室へ向かった。

階段を上り切り、左に曲がり、一番手前にある教室のドアをスライドさせる。

教室には誰もいなかった。先に戻った友人たちはもう帰ってしまったのだろうか？

自分の席に座ると、ぐったりと上半身が倒れこむ。

「あれ？」

しばらくの間、机に頬《ほお》をつけてその冷たさを感じていたが、ふとあることに気がついた。自分の荷物がない。いつもは、着替えた制服や鞄《かばん》を机の上に放り出したまま部活に向かう。しかし、目の前にはそれらがない。

もしかすると、友人たちが別の教室で話でもしながら自分を待ってくれているのだろうか？　ついでに荷物も持っていってくれたのかもしれない。

望は教室を出ると、他の教室を見て回ったがどの教室にも人はいなかった。思い当たる場所は大体回ってしまった。まさか友人たちがいたずらで荷物を持っていってしまったということはないだろう。

いろいろと悩んだが、さすがにテニスウェアで帰宅するわけにもいかず、職員室へ事情を話しに行くことにした。一階にある職員室まで行き、相談のしやすい教師がいるかどうかを確認しようと部屋の様子を窺《うかが》う。

職員室はもぬけの殻だった。

「すみません。誰かいませんかー？」

職員室の扉を開けて中に向かって声を掛けるが、返事はない。虚《むな》しく響く自分の声を聞いたとき、先ほどから抱いていた違和感の正体がわかった。

学校が静かすぎる。

グラウンドに他の部活動の生徒がいないことも、デートスポットとなっている時計塔にカップルが一組もいないことも不自然だ。

耳を澄ましてみても、校舎からは一切の音が聞こえてこない。

望は各階にある教室を一つひとつ覗《のぞ》いて回り、さらには体育館や事務室にまで足を運んでみたが、誰にも会うことはできなかった。

先ほど別れたばかりの佐伯さえ、見つけることができない。学校中から人がいなくなるという、明らかな異常事態であった。

とにかくこのことを誰かに知らせなければ……。焦燥に駆られながら、急いで学校の外に出る。この際、異常事態を知らせることができるのであれば誰でもよかった。

しかし、その焦燥の先に待っていたのはさらなる絶望であった。

神代中学には正門、裏門と二つの出入り口があり、正門は道路に面していた。正門の左手には商店街があり、右手にしばらく進んでいくと都心へつながる大通りがある。普段、この時間帯は地元の者が商店街で夕食の買い物に悩み、大通りへ向かう車が行きかい、それなりに活気があった。

いまは見渡す限り人はおらず、一台も車が走っていない。

「なんで……」

自然と漏れた言葉が、夕焼けに染まった世界に吸い込まれていく。

心の中で不安と焦りが急激に膨らみ始めていた。

とにかく人に会いたい。

「とりあえず人がいそうなところに……」

その場に留《とど》まることに耐えられなくなった望は、通りを右に進み、大通りを目指すことに決めた。

青信号を一回逃すと、数分は待たされるほど交通量の多い道路だ。どのような事態になっても、あの道路を車が通らないことなど想像がつかない。大通りまでの道を進みながら、すべての横道を確認し、そのたびに不安が募っていく。

立ち尽くす人たち

五分ほど歩いたところで、望の目にあるものが飛び込んできた。

それはようやく出会えた自分以外の人間だった。背恰好《せかっこう》からして老婆であろうことがわかった。

しかし、喜びの感情よりも前に強烈な不安が沸き上がる。

その老婆は住宅の壁に向かって立ち尽くしていた。服装もどこか古臭く、昔の映画に出てくるような恰好をしている。

明らかに異様な雰囲気を醸し出していたが、葛藤の末、勝利したのは孤独に対する不安だった。どのような人であっても、いまはその存在にすがりたい気持ちが大きかった。

老婆に近づき声を掛ける。

「あの……すみません……」

老婆は望の問いかけに一切の反応を示さず、壁を見つめている。

もう一度声を掛けようと思ったが、その思考に反して言葉が出てこない。

眼前の壁を見つめる老婆の瞳からは、意思も感情も読み取ることができなかった。何をしても反応は返ってこないように思える一方で、突然動き出してもおかしくない、そんな不穏さが漂っている。

その横顔を見つめていると、表しようのない恐怖が全身を駆け巡った。

これ以上声を掛けるのはやめよう……。

この世界から人がいなくなってしまったわけではないのだ。他の人を探す方がよいだろう。少なくともこの老婆にこれ以上声を掛ける勇気はない。望は後ずさりをしながら老婆と距離を取ると、急ぎ足で大通りへ向かった。

歩きながら、時折後ろを振り返る。あの無表情な老婆が後をつけているような気がしていた。

幸いにも老婆は微動だにせず、姿が見えなくなる直前まで壁を見つめ続けていた。

なんだったのだろう？　なぜ家の壁を見つめていたのだろうか？

なぜ問いかけに反応を示さなかったのだろうか？

さまざまな疑問の答えが浮かばないまま歩いていく。

徐々に大通りが見えてきた。片側二車線の広い通りだが、先ほどから一台も車が走り過ぎない。

そこには、心のどこかで想像していたのと同じ光景が広がっていた。普段は走り過ぎる車の騒音と、信号待ちをしている人があふれかえっているその通りも、夕焼けと静寂に包まれていた。

望は、ここにきてようやく受け入れ始めていた。自分は何か説明のしようがない不可解な現象に巻き込まれていると。

何かきっかけになるようなことはあっただろうか？

そう考えながら車が一台も走っていない大通りの中心まで歩みを進めたとき、少し離れたところに人がいることに気がついた。

黒いスーツを着た男性が、同じように通りの中心に立っている。

望は、救われた気持ちになってその男性のもとへ駆け寄った。

しっかりとスーツを着こなし、真っ黒に光る革靴を履き、いかにも頭がよさそうに見える銀縁の眼鏡をかけた三十代くらいの男性だった。おそらくサラリーマンだろう。

先ほどの老婆よりはずっと話しかけやすい。

「あの……すみません……」

望は息を切らしながら声を掛ける。しかし、男性も先ほどの老婆と同じように返事をしてくれることはなかった。

望は、男性の肩を揺さぶりながら声を掛ける。

「ちょっと。これって何が起きているんですか？　聞こえてます？」

男性の身体は望に揺さぶられるままにグラグラと動いたが、それでも言葉を発することも、望の方を見ることもしなかった。

焦りと苛立《いらだ》ちからさらに強く男性の肩をつかみ、もう一度声を掛けようとした瞬間、望はあることに気がついた。

虚《うつ》ろで真っ黒な男性の瞳には、真っ赤な夕日が映っている。

よく見ると、首の角度も少し上がっている。男性はただ立ち尽くしているわけではなかった。

この男性は夕日を見ていた。

先ほど出会った老婆の眼前には壁があったので気がつかなかったが、あの老婆も男性と同じように夕日の方角を向いていた。

そのことに気がついた望は、先ほどまでその美しさに心を奪われていた夕焼けが急に不気味なものに思えてきた。

人がいなくなったことがもっとも大きな問題であったが、さらにこの夕焼け色に染まった世界が、なんともいえない寂しさと不安を掻《か》き立てているのだと気がついた。

男性から距離を取り、中学校まで引き返すために再び歩き出す。何があるかわからない世界を歩き回るよりも、馴染《なじ》みのある学校で考えたい。

さまざまな思考が頭をめぐり、気がつくと望は息をすることも忘れて、学校までの道を走っていた。正門をくぐり、時計塔広場までやってきた。肩で息をしながら辺りを見渡す。相変わらずグラウンドには誰もいなかった。

時計塔に背を預け、少しずつ息を整えていく。夕焼け色に染まった校舎を見ていた望は、さらにあることに気がついてしまった。

望はコート整備を中断してから、校舎内で友人を捜し、教員を捜し、街に出て、大通りまで行って、中学校に戻ってきた。おそらく一時間半は経《た》っているだろう。

それにもかかわらず、世界を染める夕日は少しも沈んでいなかった。

どれくらいの時間を過ごしたのだろう？

夕日が沈まない世界では、時間の感覚も徐々に薄れていき、自分がいったいどれだけの時を過ごしているのかも曖昧になっていた。

望は、教室にある自分の机に顔を伏せながら考えていた。

時計塔の針が止まっていることに気がついたのは、学校に戻ってきてすぐだった。

この世界では時間を知る術《すべ》がない。おそらくは二週間近く経過しているのではないだろうか？　いや、もしかすると三日も経っていないのかもしれない。

最初のうちはどうするべきか必死に考えていた。家までは電車で一時間ほどかかるが、いっそのこと歩いて帰ってみるのはどうか？　それとも他の人間を探しに行くべきだろうか？

こういったことに詳しそうな佐伯の机も調べてみたがダメだった。何かしらの手掛かりが見つかることもなく、徒労に終わってしまった。

意外とこのような状況に陥った際に、取れる行動は少ないのだと初めて知ることができた。いろいろと考えてはみるものの、どれも意味がないことだとあきらめてしまう。

そして徐々に望は考えることをやめて、夕焼けを眺める時間が増えていった。

自分の意志ではない。気がつくと外に出て夕焼けを見つめているのだ。

やはり夕焼けは美しかった。

これを見ている間は嫌なことを考えなくて済む。

いまになって考えてみると、スーツ姿の男性がなぜあの場所に立っていたのかわかるような気がしていた。あそこは遮蔽物が少なく、開けた場所からあのきれいな夕焼けを見ることができる。

僕も、何にも邪魔をされずに夕焼けを見たい。

学校の屋上には鍵がかかっており、出ることができなかったが、最上階の窓から外を見ているときに、学校の裏手にある大きな団地が目に入った。

この学校よりも大きな建物は近くにそれしかない。意識もはっきりとしないまま、ただ夕焼けを見たいその一心で、団地を目指して歩いていた。

団地までは十分もかからず到着した。見上げると、やはり中学校よりもずっと高かった。辺りを見て回ると、おそらくは非常階段なのだろう、螺旋《らせん》状の階段が団地の側面に取り付けられている。こんなに長い階段を使うことなど、よっぽどの事情がなければ避けるに違いない。しかし、いまはこのそびえたつ階段の頂点は、他に代えられない場所だった。

望が階段の入り口に取り付けられている格子状の扉に手をかけて力なく引くと、錆《さび》付《つ》いた金属音とともに開いた。

自分の足元だけを見ながらひたすらに階段を上っていく。学校から団地までの道のりよりも長い時間をかけて、その階段の頂上にやってきた。屋上につながっていることを期待していたが、途中で階段が途切れるように壁に吸い込まれており、それ以上高いところへ行くことはできなかった。

かまわない。

振り返ると、そこには夕焼け色に染まった町がどこまでも広がっていた。人の声も機械の音もしない。静寂に包まれた夕日の沈まない町。その光景を見つめていると、何もかもがどうでもいいような気がした。

どれほどの時間、そうしていたのだろうか？

急激に意識が覚醒していく感覚に襲われた。こんなことをしていてよいのだろうか？　もう友人にも家族にも会えないのだろうか？　まだできることがあるのではないか？

それらの考えが頭の中をめぐると、再び目の前に広がる一色の世界に強烈な恐怖心が湧いてきた。

ここで夕焼けを見始めてどれくらいの時間が経っているのだろうか？　ほとんど自分の意識がなくなりかけているのだと気がついた望は、急いで階段を駆け下りて学校への道を走った。

あの夕焼けを見てはいけない。

もう投げやりになって夕焼けを見つめ過ごすのはやめよう。

決意を新たに図書室へ向かうことにした。何か情報を得ることができるとすれば、もっとも適した場所だろう。

校舎の階段を必死に駆け上がり図書室を目指す。しかし、図書室がどこにあるのかはっきりとしない。必死に学校中を走り回った。記憶が曖昧になっている。

ここはどこだっただろうか？　僕の通っている中学校だ。自分はなんで学校の中を走っているのだろうか？　徐々に意識が遠のいていく。

気がつくと、いつものように道を歩いていた。あの螺旋階段に続く道を。足元を見つめながら頂上を目指す。早くあの夕焼けが見たい。

何階まで上っていたのだろう。

一瞬、意識に白い靄《もや》がかかった。

その瞬間、望は足を踏み外し、勢いよく階段を転げ落ちていた。

全身に激痛が走る。しかし、そんなことはどうでもよかった。夕焼けが遠のいていく。何度も全身を打ち付けながら螺旋状の階段を転がり落ちた末、団地の五階部分にある踊り場に激しく後頭部を強打した。

痛みとは異なる、とてつもない衝撃が身体に走る――。


恐る恐る目を開けると、そこには夕焼けに染められたテニスコートが広がっていた。片手にはコートブラシを持っている。

何が起こったのだ?

望はあわてて教室に向かって走って行った。急激に頭が冴《さ》え始め、自分が大変な状況に置かれていることを思い出していた。

世界は、相変わらず夕焼け色に染められている。グラウンドを通り過ぎるとき、その端に置かれた朝礼台に誰かが座っているのが見えた。

人だ。

走って近づくとそこには佐伯がいた。座ったまま夕日を眺めている。

「翼君。ちょっと……いま大変なことになって……」

「どうしたの？　ずいぶんコート整備に時間かかったね。待っていたんだよ」

「え？」

「いや、一緒に帰ろうかなって思ってさ。この前の七不思議が増える話聞きたくて」

望が何も言えずに佐伯を見つめていると、佐伯は夕日に向き直り、言った。

「すごくきれいだよね。でもこの時間帯って、昔は『逢魔《おうま》が時』とか『黄昏時《たそがれ》』とかって呼ばれて、現実と別の世界が交わる不吉な時間とされてたんだよ。神隠しが起こりやすい時間の一つだったりするんだ」

そうなのか？　では自分は別の世界に入り込んでいたのだろうか？

佐伯は望を見ずに続けた。

「でも夕焼けってきれいっていうよりなんか不気味じゃない？　寂しい感じもするし、僕はあんまり得意じゃないかも」

望も夕日を見つめる。真っ赤な夕日は徐々に沈んでいた。

「そろそろ帰ろうか？　帰り道、この前の話の続き聞かせてよ」

「そうだね……佐伯君知ってる？　別世界に入り込んだときに帰ってくる方法」

「別世界？　いや知らない。――ってか本当にそんな場所あるのかな？」

「僕はあると思う。もし、その世界に迷い込んじゃったら……多分だけどね……その世界で死ぬと帰ってこられるんだ。そうじゃないとずっと心を奪われたままになる」

佐伯は不思議そうにこちらを見つめていた。

恐怖は学習によって成立する

いったい、講義の時間に何を話しているのだろうか？

多度結良《たどゆら》はため息をつきながら講義室を見渡した。

今日は久しぶりにゼミの指導教員である佐伯の講義を聞きに来ていた。ボランティアまでの暇つぶしとして、少しでも大学院の受験に役立てばと思って来てみたが、ほとんど怪異の話をしている。

しかし、それが逆に人気を呼んでいるのだろうか。五限の遅い時間にもかかわらず講義室は学生であふれている。

「どうかな」佐伯は楽しそうに続けた。

「みんなはこの彼に、何が起こっていたんだと思う？」

結良の斜め前に座っていた、眼鏡の女の子が手を挙げて発言する。

「幻覚が現れていたんではないでしょうか？　統合失調症とか」

「そんなに急には発症しないだろうし、妄想や幻覚だったらさすがに前後の違和感で気づくと思うよ。それからもう一つ。統合失調症において幻覚といった場合、メインになるのは〝幻聴〟だよ。幻視がテーマとなった場合は、それより先に違法薬物の乱用とかレビー小体型認知症を考えた方がいい」

佐伯は、認知症の一種であるレビー小体型認知症の補足説明として、知覚的な認知が歪《ゆが》むことで縮尺が変わり「子ども」の幻視が現れることがある病理だと話した。以前、〝座敷童《わらし》〟や〝小さいおじさん〟も、その可能性があると聞いたことがあった。

今度は教室の前方から声が聞こえる。

「解離ではないでしょうか？　解離性の遁走《とんそう》とか……前にテレビで記憶がないまま知らない場所で数年間過ごしてたとか言ってた人がいて」

「似ている感じはするよね。でも今回の彼は明確にそこで過ごした記憶をもっているし、そのエピソードと現実の時間があまりにも離れすぎている気がする。可能性としてはなくはないけどね」

結良も、考えられる可能性を必死に検討していた。しかし、そのすべては先ほどの事象をかすめるに留まり、確信をつくような答えを導き出すことができなかった。

「まあ、なんでもかんでも病気のせいにするってのはよくないかもしれないね。その後、しばらく望は尋常じゃないくらい夕焼けを避けてたからね。何かあったっていうのは事実で、『夕焼け恐怖症』自体が、何か異常な体験をしたことの証拠なのかもしれないね。恐怖は学習によって成立するから」

確かにそうだった。人は理由もなしに何かを怖がることはない。

原初的な恐怖ならまだしも夕焼けが怖いなど、それに付随する体験がなければ恐怖症にはならないだろう。

「さあ、今日の講義はここら辺で終わりにしようか。脱線しすぎちゃったから今日の資料は来週も持ってきてね」

講義の終了を宣言する佐伯の横顔を鮮やかなオレンジ色の光が照らしている。

そんなに時間が経っているとは気づかなかった。
窓の外に目を向けると、そこにはきれいな夕日が浮かんでいる。
その夕焼けを見ていると背筋に寒気が走った。なんだろう。この違和感は。
私は、この美しい景色の何がそんなに怖いのだろうか？

心理学に興味があって

再会

ホテルDスペース札幌。

最近、アメリカから日本に進出してきたこのホテルは、いまや一度は泊まってみたいホテルランキングでも堂々の一位を獲得している。

日常から切り離された異空間をイメージしていて、ホテルの中にはトレーニングルームやプールといったメインどころを中心に映画館やVR施設などもあり、テーマパークの楽しい雰囲気とホテルのシックな空間が絶妙にマッチしている。

佐伯翼《さえきつばさ》はため息をついた。

学会という研究の場に参加するために、このような高級ホテルを取ったことなどない。小さなテーマパークと比較しても遜色がない設備にあふれている。これでは遊びに来ていると思われても言い訳はできないだろう。

そんなホテルに泊まれることになったゼミ生の多度結良《たどゆら》と沖山修一《おきやましゅういち》は、正反対の振る舞いを見せていた。

結良は久しぶりに年頃の女の子らしい表情を見せて、ホテル内の写真を撮ったり、各施設を効率よく回るためのプランを立てたりして楽しそうにしている。一方の修一は、ホテルにまったく関心がないようで、週明けに提出するレポートが三つもあるのだと騒いでいた。

「二人とも今回は感謝してよ。勉強になるからと思って、心理学会の出張に連れてきただけだからね。多度さんが絶対にこのホテルがいいって言うから取ったけど、おかげで偉い人たちにこのホテルでないといけない理由を何枚も書かされたんだから」

結良は、笑顔のまま素直にお礼を述べた。

「まさか本当に泊まれると思っていなくて！　明日からの学会はちゃんと出ますから」

「まあ、うちだけゼミ合宿とかもしてなかったし……修一君は何をそんなに焦ってるの？」

「だから、本当にやばいんですって。非行・犯罪心理学と職責と関係行政論のレポートが全部火曜日に提出なんですよ」

「ジャンルがそれぞれ違って、しかも二つは心理士として守るべきルールと法律か……面倒くさそうだね」

「そうなんですよ。だからホテルを楽しむ前にレポートをどうにかしないと。とにかく早く部屋に行きましょう」

結良はあきれているようだ。

「なんでそんなにレポート溜《た》めてるのよ。このホテルに来られる機会なんて多分もうないよ。本当にもったいない。でも先生、確かに部屋は早く見てみたいから、とりあえず鍵もらいに行こ」

そう言うと、結良は佐伯の腕をつかみフロントに向かってすごい力で進み始めた。

フロントマンはさすがの対応で、さっそく三人の荷物を部屋に運ぶ準備を進めながら、落ち着いた口調で必要事項の確認を始めた。

「佐伯翼様ですね。当ホテルをお選びいただき誠にありがとうございます。滞在中は最高のお時間を過ごしていただけるように最善を尽くしますので、必要なことがありましたらなんなりとお申し付けください」

「どうも。どこかにお酒が飲める場所とかありますか？」

「ええ、ホテルに入っている飲食店であれば基本的にはどこでも。あとは、十五階にありますラウンジにはＢＡＲが併設されておりまして、そちらではお酒と葉巻をお楽しみいただけます」

修一がすかさず倫理観の鬼となる。

「先生。お酒なんて飲んでいいんですか？　仮にも勉強のために北海道まで来ているんですよね？」

「学会は明日からだし、今日くらいはいいんだよ」

結良が「それに」と言葉を付け加えた。

「先生はお酒飲みに行くんじゃなくて、どうせ〝取材〟でしょ？」

「取材？」

修一が怪訝《けげん》な顔をする。

「そう。取材とか言って、飲み屋とかＢＡＲとか行って怪談集めるのが趣味なのよ。完全に不審者でしょ」

「いやいや、怪異体験はそうやって人から聞かないと。人が体験したことなんだから直接話を聞かせてもらうのが一番なんだよ」

結良が両手を肩の付近でひらひらとさせ、あきれたといったポーズを取っている。

そんなやり取りをしている間に、フロントマンがルームキーとなるカードを持ってきた。

「Gクラスシングルが一部屋と、Gクラスツインが一部屋ですね。どちらもラウンジをご利用いただけます。また、基本的な施設はすべて自由にご利用いただいて結構ですが、一部別料金となるものもありますのでご確認ください。えーっと、シングルは……」

「ああ、それが僕です」

佐伯はフロントマンからカードを受け取ると、さっさとその場を立ち去ろうとした。しかし、結良がそれを制止するように立ちはだかった。

「ちょっと待ってください……もう一部屋がツインってどういう意味ですか？」

修一は、なんのことかわからず訝《いぶか》しげな顔を二人に向けた。

「どういう意味って、部屋がさ。さすがに三人分は研究費で下りなくて、君たちの分は僕が自腹で取ったんだよ」

「で？」

「カップルプランっていうのが一番安かったから……」

「冗談じゃないですよ。なんで私と修一君が同じ部屋なんですか？」

「先生ちょっと。何やってるんですか？」修一も焦り出す。

「何やってるって、僕が取ってあげたんだよ？　自腹で」

結良は憤慨し、修一は何やらぶつぶつと言っている。丸め込むなら修一だろう。

「修一君はさ、多度さんと同じ部屋ってそんなに嫌なの？」

「え……えーっと……嫌ってわけでは……」

「じゃあ、普通に過ごせばいいだけじゃん。子どもじゃないんだから。それとも、着替えているところ見られるかもとか考えてるの？　教員引率のもと、そんなこと考えてるなんて、不健全もいいところだよ？　最低だと思うけど」

「いや、そんなことは考えてないです」修一は語気を荒らげて必死に反論を始めた。

これはもう少し……佐伯がそう考えていたところ、結良の冷たい声が間に入った。

「カップルプランが一番安いとして、それで部屋を取ったのは問題ないですよ。私がシングルで寝て、先生と修一君がツインを使えばいいじゃないですか？」

「僕、一人じゃないと寝られないんだよ」

「何言ってるんですか？　いまさっき先生が言ってたじゃないですか。子どもじゃないんだから、一人じゃないと眠れないなんて言い訳通用しませんよ」

「じゃあ、僕に寝不足で学会に行けって言うの？　明日の発表が失敗したら大声で多度さんの名前叫ぶよ？」

「いいですよ。私は大学に戻ってから大声でセクハラを叫びますから」

「へえー。ただ一緒の部屋を使用するだけなのに何がセクハラなのかな？　強制しているわけではないし、何より僕は事前にそれでもいいか確認を取ったよね？」

「そんなこと絶対聞かれてない。そんな屁理屈《へりくつ》通ると思うんですか？」

この後、問答を十分ほど続けたが決着はつかなかった。

結良はため息をつくと、修一の首根っこをつかみフロントの陰へと引きずって行った。まもなく先ほどよりも萎《しお》れた修一が戻ってきて言った。

「僕、床でいいので先生の部屋で寝ていいですか？　このままだとジムで寝泊まりすることになりそうです」

こうなってしまっては仕方がない。

我が教え子ながら、人を扱う方法が上達したものだ。

「わかった。結良さんにツインの部屋と交換してもらえるように、二人で頼みに行こう」

そのせっかくの提案を修一は聞いていない様子であった。佐伯の後ろにある長いエレベーターの乗り場を凝視している。

「修一君？」

「いま、前に会ったことある人がいたような気がしたんですけど」

振り返って確認するがそこに思い当たる顔はない。

「ここ北海道だよ？　他人の空似じゃないの？」

「そうですね。なんとなく見たことあるくらいだったので見間違いかもしれません」

ＢＡＲで怪談蒐集

十五階は、一定以上のランクに属する部屋を借りている者だけが使用できるラウンジになっていた。軽食が並び、何種類もの飲み物も用意されている。

ラウンジには入らず、壁伝いに右手に進んでいくと、正面に高そうなソファがいくつか置かれた部屋があり、その部屋の隣にＢＡＲがあった。十五階の隅に設置されているのは、外の景色を見ながらお酒を飲むためなのだろう。

まだ昼過ぎであったがＢＡＲには客がいた。

これは都合がよい。場所だけ確認して、人が増えるであろう夜の時間帯に取材をするつもりであったが、こんな時間にも人がいるのであればついでに聞いておこう。

ＢＡＲはマスターが立つ位置を中心として、半円状のカウンターが広がっていた。

佐伯は一人でお酒を飲んでいる男から二つほど席を空け、お酒を注文した。

「何かおすすめのウイスキーありますか？　それをロックで」

先に飲んでいた男がちらりと佐伯を見る。佐伯も男に視線を向けて笑顔を示しながらその様子を観察した。

濃紺のスーツに身を包み、真っ黒な髪の毛をしっかりと真ん中で分けている。年齢はおそらく二十代後半、もしかすると同じ三十代前半くらいかもしれない。年齢がはっきりと予想できない理由は、その男の容姿が原因だろう。モデルや俳優をやっていると言われれば信じてしまうほど、整った顔立ちをしている。同性の佐伯から見ても魅力的に感じる顔だった。

手元にはウイスキーのストレートグラスが置かれている。男も、爽やかな笑顔とともに会釈をした。

いままでの取材の感覚からわかっていた。話を拒む場合は大抵視線を逸《そ》らす。佐伯に対してアクションを返してくれる場合は、相手も話し相手を探していることがほとんどだった。

マスターに渡されたマッカランのロックグラスを片手に持ちながら、男に話しかける。

「ここすごくお洒落《しゃれ》ですよね」

「ええ。こんなところで、こんな時間からお酒を楽しめるというのが最高に贅沢《ぜいたく》ですね」

「まさにその通りですね。北海道へはお仕事で？」

「そうです。出張が激しい仕事でして。今日は午前中で仕事が終わったので、もう自由時間なんです」

「それはいいですね。たまにはこういう時間がないとね」

「最高の時間です。あなたもお仕事で？」

ここまでの会話は定石だった。

突然、怪異体験について聞くと多くの場合は、警戒心を抱かせてしまう。霊感商法や占い師などと間違えられてしまうこともある。

だから、相手から佐伯の仕事を聞くように話題を誘導していた。そうすると、自然な流れで自分が心理学者であると明かすことができる。研究の一環として集めていると伝えるだけで反応はまったく異なるのだ。おそらく、科学という要素が混じるとある種の安心感が生じるのだろう。

「ええ、カウンセラーをやっておりまして。明日は心理学会での発表があるんです。だから今日は、僕も準備日という名の休みです」

「心理学？　心理学者ってことですか？」

「正確には臨床心理学という学問が専門ですが」

上手くいった。佐伯は心の中でほほ笑んだ。

「個人的にすごく興味のある分野で。大学生になるとき、最後まで心理学か薬学かで悩んでいたんです」男は興味深そうに応じた。

めずらしい二択だった。臨床心理学に限らず心理学は基本的に文系に属することが多い。一方で薬学部は理系だ。

「では、いまは薬剤師さんか何かですか？」

「はい。それより心理学の話を聞かせてほしいな。すごく興味があって」

「ええ、少しなら。でも酔いが回る前に聞いてみたいことがあるんです。研究の一環で怖い話とか不思議な話を集めているんです。心との関連は強いだろうなと思っていて。どんな些細《ささい》なことでもいいんです。いままで何か不思議な体験とか怪異体験とかってしたことありますか？」

どんな体験でもよいのだ。以前には小学生になるまで人形が動いているのを見ていたという者がいた。家の前に粘土で作られた地蔵が置かれていたことがあると話してくれた者もいた。どんな小さな体験でも、好奇心が動けばそれでよかった。

「ないですね」男はあっさりと、そしてきっぱりと言った。

「え？」

「非科学的なことは体験したことがないです。それよりカウンセリングの話とか聞かせてくださいよ」

よっぽど心理学に興味があるのだろうか？

だが、こちらは怪異に興味がある。心理学の話を素人にする時間はできれば避けたい。収穫もなしに時間だけ奪われるのでは、たまったものではない。

「もちろんいいですよ。でも心理学っていっても心を読むとかはできないですけどね。

嘘《うそ》も見破れないですし、表情から感情を読み取ることもできないですよ。心の問題を抱えた人の話の聴き方が上手いだけで。あ、でも個人的な相談とかには乗れないですけどね。ちゃんとしたところじゃないと聴いちゃいけないルールがあって」

大体、心理学に興味をもつのはこの辺りだろう。すべての可能性を潰した。加えて、人の話をどのように聴くかという、一般にはあまり興味をもたれないテーマを提示した。これで興味も薄れるはずだ。

しかし、予想とは正反対の反応が返ってきた。

「もちろん。僕も一応科学者の部類ですし。そんな本に載っているような心理学じゃなくて、カウンセラーがどんなふうに話を聴くのかとか」

「本当に心理学がお好きなんですね」

「はい。尊敬していますよ。だってすごくないですか？　目に見えないものを扱う唯一の科学ですよ」

予想以上に、無邪気な反応が返ってきたことに戸惑ってしまった。

どうやってこの男から逃れようか？

このままでは、せっかくのフリータイムが無駄に終わってしまう。

「もしよかったら後ろでどうです？　専門家の先生に話を聞かせてもらう機会なんてそうなさそうだし、おごりますよ」

そう言って男は親指で後ろの部屋を指す。そこは先ほど見えた豪華なソファが置かれた部屋だった。よく見ると壁には木箱に入ったさまざまな葉巻が置かれている。

シガールームだったのか。

久しく葉巻などふかしていない。大体一時間ほど話に付き合うことになるが、葉巻を吸いながらであれば悪くはないかもしれない。

佐伯は了承し、二人はグラスを片手にシガールームへ移動した。

心理学で人は操れるか？

「そういえばお名前はなんていうんですか？」

スタッフへの葉巻の注文を終えた男は佐伯に聞いた。

「ああ、そうでしたね。佐伯翼といいます。あなたは？」

「私は相沢《あいざわ》っていいます……相沢啓介《けいすけ》」

「相沢さんですね。なんでそんなに心理学に興味があるんですか？」

「昔から人が好きなんです。人っていうか人間の考え方とか感情とかそういうものが。絶対にあることはわかっているのに、簡単に操作したり、干渉したりできないじゃないですか？」

「まあ、確かにそうですね」

「さっき心を読んだりはできないって言ってましたけど、人を操ったりとかはできないんですか？」

「無理ですね。操るなら、暴力とかお金とかそっちの方が確実です」

「あ、いや。操るっていっても大それたことをさせるとかじゃなくて、あと一歩が踏み出せるように勇気を与えるとか、一瞬だけこちらの思い描く通りの選択をさせるとか」

「あと一歩がっていうのはカウンセリングとちょっと近いかもしれないですね。でも僕らは話を聴く専門家なので、あくまでその勇気を自分で出せるようにサポートするって立場ですけど」

「話の聴き方によっては、少し背中を押してあげることくらいはできるってことですか？」

「そうですね」

「へー。やっぱりすごいですよ。佐伯先生」

「そういう経験ありませんか？　何かに悩んでいるときに誰かが真剣に話を聞いてくれただけで、自分の中で意思が固まるというか」

「ああ、あの感覚ですか」

「そうです。それくらい微力なものです。人には理性がありますから、他者がコントロールするなんていうのは、容易なことじゃないですよ」

「たとえば子どもとかだとどうですか？　ほら大人より純粋だからその分他人からの影響を受けやすいとか。理性も大人ほど成熟していないでしょう？」

「確かに大人よりは影響を受けやすいでしょうね。でも子どもも理性がないわけじゃない。ある程度の年齢なら踏みとどまる力は有しているはずです」

相沢は何かを考えているようだった。

そこに葉巻と鋏《はさみ》、ガスライターが運ばれてくる。葉巻に火をつけてふかすと、なんともいえない独特な香りが一帯を包み込んだ。

「普段から煙草は吸うんですか？」

何気ない佐伯の質問に、相沢はやや語気を強めて答えた。

「いや、まったく吸わないです。あんなに身体に悪いもの」

「葉巻はいいんですか？　一応ニコチンは入ってますけど」

「いや、煙草がダメなのはそこじゃないんです。燃焼剤とか不純物が多すぎるんですよ。その点、葉巻は純粋に煙草の葉だけで作られている」

相沢は恍惚《こうこつ》とした表情で葉巻を見つめている。

変わったこだわりをもっているものだ。

「さっきウイスキーをストレートで飲んでいたのも？」

「え？　よくそんなところまで見ていますね。さすが心理学の先生だ」

「正確には臨床心理学ですけど」

「さっきも言っていましたよね？　何が違うんです？」

「臨床心理学というのは心理学の一分野なんです。医療とか福祉とかいろいろな領域で、他者を支援するために心理学を使うのが専門です」

いつも心理学の説明をする際に使用する常套句《じょうとうく》だった。ほとんどの場合は理解してもらえないが、一応しっかりと説明するようにしていた。

しかし、相沢は違った。明らかに目の色が変わった。

この男は何かが引っかかる。もしかして、心理学に精通している人間なのだろうか？　僕を試している？　大きな心理学会が近くで開かれる以上、自分たちと同様にこのホテルに前乗りしている心理士がいてもなんら不思議ではない。

だが、そのようなことをする動機が思いつかない。

「じゃあ、佐伯先生は大学で精神病の治し方なんかを教えているんですか？」

「あ、いや。治し方というのではなくて、あくまでサポートの仕方ですね」

「なんか細かいんですね。でも病院で精神病の人とかかわることはあるんですよね？」

「ありますよ。精神疾患と表現することが多いですけど」

相沢はうつむいて何かを思案しているようだった。

分けられた前髪が落ち、それが目を覆い隠し、先ほどまでの爽やかな雰囲気とは対照的にどこか陰のある切なさを感じさせる。

しばらくすると、相沢は上目使いで言った。

「さっき人を操るのは無理だっておっしゃっていましたよね？　ずっと聞いてみた

かったことがあって……心理学で人を操って殺すことって本当に不可能ですか？」

何を言い出すのだ……。興味をもつ人間がいないわけではないが、それにしても相沢の眼差《まなざ》しは真剣そのものだった。

「不可能ですね」

「どんな状況でも不可能ですか？　たとえば、相手が精神疾患にかかっていたとしても？」

「無理です。人の生死は生物としても重要なテーマですから、そこに他人が干渉することはできないでしょう」

「でもたまにそういう事件ありますよね？　ほら恋人を操って殺人に協力させたりとか、変な宗教の教祖の言うことを聞いて自殺したりとか」

どう答えるべきだろうか？

先ほどの問いに正確に答えるのであれば、「状況次第では可能かもしれない」というのが正しいだろう。相沢の言う通り、極限状態においてはそうした現象も起こりうる。

そして何より、佐伯自身も学生時代に同様の興味を抱いたことがあった。

当然、誰かに聞くことなどできず、心理学の道に入ってから自分なりの答えにたどり着いた。だからこそ、この好奇心に共感できる一方で、それを初対面の人間に問いかけてくる心境には共感ができなかった。

数秒間悩んだ末に、その好奇心の出所に焦点を当てることにした。

「なんで、そんなに人を操ることに興味があるんですか？」

「え？　あ、ちょっと気になって。もし心理学でそんなことが可能だとしたら、現代の法律で裁くことは難しいですよね？」

「自殺教唆という犯罪を聞いたことないですか？　自殺を……」

「もちろん知っていますよ。でもそれは状況証拠がそろわないと無理ですよね？　あたかも、自分の意志で最初から最後まで選択したように思わせられるなら……言い方を変えるなら、自然な方法で自殺させることができれば自殺教唆の可能性など誰も考えないでしょう？」

「アメリカではしょっちゅう裁判になってますよ」

「それはアメリカが訴訟の国だからです」

佐伯は数秒の間を空けて、もう一度同じ質問を繰り返した。

「なんで、そんなに人を操ることに興味があるんですか？」

相沢は再び顔を伏せた後、一気にウイスキーを飲み干す。そして言った。

「婚約者の自殺に納得がいかないんです」

「大学生の頃から付き合っていた女性がいたんです」

一言一言を選んでいるようだ。

普段であれば、このような個人の問題については話を聞かない。しかし、わずかに生じた怪異の香りから逃れることができず、相沢の次の言葉を待ってしまった。

葉巻はまだ燃え始めたばかりだ。一時間近くはふかすことができるだろう。おごってもらった手前、せめてこの葉巻が消えるまでは話を聞いてみてもよいだろう。

「すごく明るい人で、僕とは正反対の。彼女は芸術系の大学でピアニストを目指していたんです。彼女が二十一歳になる年、ある先生の楽団に入ることになりました。僕は詳しくわからないんですけど、結構有名なところらしくて。大変だけど実力を認められてうれしかったみたいなんです」

「二十一歳になる年って、大学三年生ってことですか？」

「はい。練習は確かにきつそうでしたけど、楽しそうでもあったんです。僕は彼女の話を聞いて、たまにピアノを聞かせてもらって、それで満足でした」

相沢の顔には影が差していた。煙が立ち上っている葉巻を見つめながら話を続ける。

「ただ、その楽団に入って半年くらい経《た》った頃からスランプに陥っちゃったみたいで。僕からしてみれば、上手に聞こえましたけど……少しずつネガティブなことを口に出すことが増えたんです。『これ以上先が見えない』とか『ピアノが楽しく思えない』とか言って、僕がどれだけ励ましても、逆に怒りだしたりするようになって」

佐伯はほとんど口を挟まなかった。この話の結末は先に明らかにされている。むやみに踏み込まない方が、相沢の傷を広げることもない。

「あまりにもつらそうだったので、その楽団をやめるように言ったんです。最初は渋っていたんですけど、必死に説得したら楽団をやめて少し音楽から離れるってことになって。そうしたら少しずつ調子を取り戻していったんです」

ストレス源から離れれば当然だろう。なかなか適切な対応ではないだろうか？

「それを機に彼女と一緒に住むことにしたんです。誰かが近くにいた方がいいかなと思って。でも、同級生だと音楽のことを思い出しちゃうから。僕が、支えないとって。できるだけ他の人とかかわらなくてもいいように、ずっと二人だけで過ごしていました」

佐伯は口から出かけた言葉を呑《の》み込み、相沢の話の続きを待った。

「そのときはすごく幸せな時間で。まだ大学生だったんですけど僕、プロポーズしたんです。僕が一生面倒を見るからって」

「そうだったんですか……」

相沢の表情を真似るようにうつむき、下を向きながら目を閉じた。

さっさと終わらないだろうか？　他人の恋愛になどまったく興味はない。その不可思議な自殺の状況が聞きたいのだ。あと何分もこの甘く切ない恋愛話が続くようであれば適当な理由をつけて切り上げよう。

相沢にばれないようにこっそりとスマートフォンを起動すると、修一と結良にメッセージを送った。

【三十分後にシガールーム集合】

相沢は、そんな佐伯の様子に気がつくこともなく話を続けていた。

「ピアノはもうやめてもいいんじゃないかって言ったんです。元気を取り戻しても、ピアノを見るときはつらそうな顔をしていましたから。彼女も自分より才能のある人がたくさんいるって気がついたみたいで……でもピアノは好きだからって。そのとき久しぶりにピアノを弾いてくれたんです。なんて名前の曲かはわからなかったんですけど、久しぶりに演奏する彼女はやっぱり楽しそうでした」

長い……。恋愛ものの映画や小説は苦手だった。以前、アカデミー賞を受賞した恋愛映画を見に行ったときは、二時間が何倍にも感じられた。終わった後に涙を流している周囲の人間を見て、恐怖心を抱いたほどだった。

赤の他人の恋愛話のどこに共感すればよいのかわからない。修一と結良が付き合い始めでもしたら面白いだろうが……。

「その次の日でした。彼女、隣のマンションの最上階から飛び降りたんです」

「え？　そのタイミングで？」

「しまった」と佐伯は心の中でつぶやいた。冗長な恋愛話に飽き飽きしていたタイミングだったので、わずかながら声に明るいトーンが混じってしまった。

しかし、相沢は気にしていない様子だった。

「そうなんです。変ですよね？　ピアノを弾いているときの彼女はすごく楽しそうでしたし」

「突然で驚きましたよね。でもタイミング的には絶対にないってほどでは……」

もし、その彼女がうつ病を患っていたのであれば、ありえない話ではなかった。自殺にはエネルギーがいる。うつ病はよくなりかけるとエネルギーも回復するが、それは自殺を実行するだけのエネルギーを手にしてしまうことでもあった。

「でも彼女言っていたんですよ……確か、ピアノは趣味でいいと思っているとか、来週から学校に復帰するとかそんなようなことを」

その返答に微《かす》かな違和感が生じる。言語化には届かないほどの微弱な違和感だったが、すでに佐伯の中にはある疑問が生じていた。

「彼女が自殺したのって、僕のかかわり方が何か悪かったんでしょうか？　もしそうなら教えてほしいんです。そうでないと人とかかわることが怖いままです」

「ちょっと待ってください。確かに大変なお話ですけど、それと心理学で人を操れるかどうかに、どのような関係があるんですか？」

「えっと……じつはもし僕のかかわり方に問題がないのなら……多分カウンセラーが原因だと思うんです」

「カウンセラー？」

「はい。彼女その頃、ある病院でカウンセリングを受けていて。その人なら彼女を操って自殺させることもできるんじゃないかって」

「ちょっと話が飛躍していませんか？　カウンセラーに操作されていると思ったのはなぜですか？」

「それは……」相沢は口籠ってしまった。

そして、突然口を開いたかと思うと、必死な表情で再び問いかけた。

「とにかく、僕のかかわり方に問題がなかったか知りたいんです。佐伯先生だったらどうかかわったのか」

人の心にどこまで干渉できるのか

佐伯は相沢を真っ直《す》ぐ見つめた。相沢も同じように真っ直ぐ視線を返す。

「僕ならどうかかわったか知りたいですか？」

「はい。もちろん。専門家ならどうやって……」

「じゃあ、お互いに一つずつ質問をぶつけあいませんか？」

「はい？　どういう意味ですか？」

「いやー。ここはカウンセリングを行う場じゃない。日常のコミュニケーションにおいて一方だけが質問を続けるのではバランスが取れない。だから、お互いに相手に聞きたいことを一つずつ聞いていくんです。聞かれたことにはしっかり答える」

「よくわからないですけど、確かにさっきからずっと、僕が質問攻めにしちゃってましたね。じゃあ、それでいきましょう」

「相沢さんの本当の職業は？」

相沢は葉巻に伸ばした手を止めた。

「どういう意味ですか？　薬剤師ってさっき……」

「ええ。でもその前に出張が多いとも言っていましたよね？　薬剤師なのに出張が多いんですか？」

しばらくの間沈黙が続いた。相沢は葉巻の火が消えないように一吸いして火の勢いを強め、煙を吐き出すと同時に言葉も吐き出した。

「次に答える職業は信じてくれるんですか？」

その表情は先ほどまでの爽やかな好青年ではなかった。婚約者を亡くした不憫《ふびん》な男性でもない。いたずらがばれたときのような、無邪気な薄ら笑いが浮かんでいる。

「信じません。はい、いまので質問一つです」

相沢の表情は崩れない。

「さっきの話に出てきた、婚約者だとか言っていた女の人は殺せたんですか？」

「いいえ。なんで僕が殺そうとしているだなんて、ひどいこと考えるんですか？」

「なんで嘘だと思ったのか、とは聞かないんですね」

「佐伯先生。ルール守ってください」

「先ほどの話が嘘だと思ったからです。最初は話すのがつらくて言葉を詰まらせていたのかと思いましたけど、考えて話していたんだと気づきました。あの一瞬でゼロから物語を作るのは難しいでしょう。だからまったくの嘘ではないと思った。とはいえ、作り話に感情まで入れ込んだのは素晴らしかったですよ。でも、最後に向かうにつれて作りこみが雑になった。極めつきに想定していなかった質問に対しては答えられず、この嘘の目的にだけ焦点を絞って答えを急いだ。あなたの真剣さは本物だった。だから、この人は自分が人を操って自殺に追い込めなかった体験を話して、どの点を修正するべきなのか知りたいのだと思いました」

相沢はどこかうれしそうな笑みを浮かべた。

「僕の番ですね。なんで僕のことを知っていたんですか？」

「前に会ったことがあるから」

その返答には驚いたが、佐伯も表情を崩さないように努めた。

相沢は、佐伯がカウンセラーと紹介したのにもかかわらず、大学で教鞭《きょうべん》をとっていることを知っているかのように話を進めた。

まさか大学内で会っているのだろうか？

「佐伯先生は最初からちょっと警戒していましたよね？　どれだけ聞いても人を追い詰めたり、操作したりする方法を話してくれなかった」

「それは誰であっても、です。カウンセラーは支援のために正しいかかわり方を学ぶ。その反対の行動をとれば当然よくはならない。場合によっては悪化していく。素人には、どちらのかかわり方も迂闊《うかつ》に話さないようにしているんです」

わずかな挑発を込めて返事をする。しかし、その挑発に乗ってくる様子はなく、首をわずかに傾けて佐伯の質問を促している。

「なぜ、そこまで人を殺してみたいんですか？」

「いやいや、殺したいわけじゃないですよ。興味があるんです。混じりけのない純粋な気持ちですよ。人の心にどこまで干渉できるのか……」

　相沢は言葉を切ると、顔にかかった前髪をかき上げた。正体を知らなければ誰が見ても魅力的に映るだろう。どこか自信を感じさせる表情を浮かべると、一気に話し始めた。

「じゃあ僕からは最後の質問です。さっきのピアノを弾いている女が出てくる話、婚約者ってところ以外は本当なんですよ。楽団で上手くいかなくなって、精神的に不安定になって。だから僕は彼女に近づいて、まず周りから孤立するようにした。楽団をやめさせて、学校も休ませて。そのうえで彼女よりもピアノが上手い人がいるんだからやめた方がいいと伝えて、彼女の芯の一つを奪った。ちなみに精神科には通わせませんでした。それから、自殺願望を抱いたやつらの集まりにも連れて行った。そこに何人か金で雇ったやつらを紛れ込ませておいて、彼女の悩みはたいしたことではないと非難してもらった。甘えているとか、たいしたことない悩みだとか言ってもらって。その頃には、僕だけが彼女の唯一の理解者で、僕のことを勝手に彼氏だと思い込んでいたかもしれません。そして言ったんです。『もう死にたい』と。だから僕はその気持ちを肯定して、死も一つの解決方法だと説得したんです。でもね、その後すぐに突然手紙を残していなくなってしまったんです。もう少し頑張ってみる……みたいな、くだらない内容の手紙でしたから捨てましたけど」

反吐《へど》の出るような話だった。

人の死に興味を引かれ、それを抑えることのできない未熟な男だと高をくくっていたが、ここまで純粋な悪意をもっているとは予想外だった。

「さっき先生言っていましたよね？　カウンセラーは少しだけその人の背中を押すことができるって。今回どうすれば、僕はちょっとだけ背中を押してあげることができたんでしょうか？」

「……」

「ルールですよ。これだけはちゃんと答えてください」

「あなたはもう十分背中を押していますよ。引きずり込んだという方が正確な気がしますが。カウンセリングではそんな強引な方法を取りませんけど。失敗したのは彼女を知らなかったからです。彼女を育てた両親の愛情、ピアニスト以外に秘めていたかもしれない夢、二十年間の人生で体験した楽しかったことや嫌なこと。それらが彼女の生きる力になったんです。そんなに柔《やわ》な女性じゃなかったってことでしょう」

「でも、先生ならできたんじゃないですか？」

「もうあなたの質問は終わっていますよ。僕からも最後の質問です……あなたは人を殺したことはありますか？」

相沢は深いため息をつくと、まだ半分ほど残っている葉巻を強引に灰皿に押し付けて火を消した。

不快な香りが辺りに漂う。そして、そのまま黙って席を立った。

佐伯は追及することはせず、机の上にあるロックグラスに手を伸ばした。

そのとき、耳元で相沢が囁《ささや》いた。

「中学生まではいけたんですよ。やっぱり子どもはまだ純粋でいいですよね。大人は不純物が多くて難しい」

大切なこと

「シガールームってどこにあるのよ」

「さっきホテルの人に聞いたらラウンジにあるって」

「この命令みたいな呼び出し方はなんなの？　せっかくこれからアフタヌーンティー

で紅茶でも飲もうと思っていたのに」

「あ、あそこじゃないですか？　煙が見える部屋」

修一は佐伯からの呼び出しを受けて、結良とともにシガールームなる場所を目指した。途中、すれ違った男性とぶつかりそうになる。

「すみません」

「いえいえ、こちらこそ」

あれ？　あの人、どこかで会ったことがある気がする……。

「先輩、いまの人どこかで会ったことありませんでしたっけ？」

「え？　多分ないと思うけど。なんか先生と似てたね。胡散臭《うさんくさ》い爽やかさというか。詐欺師かな」

「初対面の人なのに厳しすぎません？」

シガールームを覗《のぞ》くと、一番奥のソファで背を向けて座る佐伯の姿があった。後ろ姿でも信じられないほどの猫背でわかる。

「先生。集合ってなんでですか？」

佐伯は返事をしなかった。正面に回り、高級感のあふれるソファに座る。

佐伯は、いままでに見たことがないほど冷たい表情をしていた。

「先生？　何かあったんですか？」

佐伯は、ようやく顔を上げて二人を見る。

「修一君さ、前に僕が君のいいところは優しいところだって言ったよね」

「はい」

「あれ、本心だよ。人の心を支えるための知識を修めるには、大前提として他者に興味があって、そのうえで優しさも持ち合わせていないといけない。一番大切なことだよ」

何を言っているのかわからず、結良と顔を見合わせた。

しかし、それはいままで佐伯が発した言葉の中でも特別な重みがあるように感じて、返事をすることができなかった。

死なない友人

再会

「結良《ゆら》ちゃん久しぶり。小学校出てから一度も会ってないから十年ぶりくらい？　ってかすごい髪色だね……もしかしてアイドルとかやってたりするの？」

「まさか。一回くらい派手な色にしてみたかっただけ」

そう言って多度《たど》結良は笑顔を返すが、話しかけてきた女性が誰かはわからなかった。

「多度さん？　俺、一緒のクラスだった加藤《かとう》。憶《おぼ》えてる？」

「加藤君。絶対、結良ちゃんのことかわいいなって思ってるでしょ？」

あわてて否定をしている加藤という男性についても、記憶は曖昧だった。

勇気を出して小学校の同窓会に来てみたが、やはり大人数が集まる場所は苦手だ。

結良は私立の中学校へ進学し、それと同時期に引っ越した。そのため、小学校の友人と会うのは卒業して以来だった。それからも声を掛けてくれる者は多かったが、かろうじて数人、小学生時代の顔を思い出せる程度だった。

紫色の文字盤の腕時計に目を向ける。もう同窓会が始まって二十分が経過していた。約束を忘れているのだろうか？

そのとき、会場の入り口から軽快な声が聞こえた。

「結良ー。めちゃくちゃ気まずそうじゃん」

結良はひと息つく。ようやくはっきりと誰だかわかる友人が現れた。

「葵《あおい》。遅いよ。早く来てってお願いしたじゃん」

「相変わらず厳しいなー。三十分までは遅刻にならないの」

そう言うと、桂木《かつらぎ》葵はウェルカムドリンクの黄色いカクテルを片手に他の友人にも挨拶を始める。以前と変わらず、真っ黒な髪をショートボブに整えており、スポーティな見た目をしていた。

小学生の頃は、葵と常に一緒に過ごしていた。人見知りの結良とは違い、葵は明るく、ほどよく適当なため、気を遣うことがなく一緒にいて楽だった。そして何より、葵も中学校を受験しており、唯一同じ中学校に通うことになった友人だった。

「結良、相変わらず人見知りだね」

「葵が明るすぎるの。ねえ、あの女の子って誰だかわかる？」

「あの水色の服の子？　田淵《たぶち》さんじゃない？」

「じゃあ、あのちょっとチャラそうな人は？」

「あれは絶対に翔君《かける》でしょ。長崎《ながさき》翔君。小学生のときからあんな感じだったし。……っていうか誰のことも憶えてないの？」

「しょうがないでしょ。葵は地元から中学校に通ってたけど、私は中学校の近くに引っ越してまったく会ってないんだから」

葵はあきれた素振りを見せながら、近くにいたグループの輪に入る。

「ザッキー久しぶり。ヨシも。結良が人見知り発動しちゃってるから、一緒に話してあげて」

勝手なことを……私はザッキーとヨシなる人物もよく憶えていない。しかし、中学生の頃も葵のこうした強引さに助けられることは幾度となくあった。

「十年ぶりだから緊張しちゃって……結構人いるけどもうみんな集まってるの？」

結良は、苦し紛れに適当な話題を放り込んだ。

「いや、まだ何人か来ていないんじゃないかな？　上田《うえだ》さんと高山《たかやま》でしょ。あと白井《しらい》も来てないんじゃないかな？」

まだ人が増えるのか……。結良がこれ以上名前を憶えられるか不安になっていると、先ほど田淵と名前を教えてもらった女の子が話に加わってきた。

「いま、白井って言った？」

その表情はどこか強張《こわば》っている。

葵が田淵を話の輪に入れるために、すぐさま会話をつなげた。

「うん。まだ来てない人は誰かなって」

「え？　どういう意味？」

「どういう意味って、どういう意味？」

葵に質問を返された田淵は、手元を見つめながら固まってしまった。

その場にいる皆が不思議そうに田淵を見ている。しばらくすると田淵が恐る恐る言った。

「白井って、白井透《とおる》君のことだよね？　五年生のときに亡くなった」

その発言に皆の会話が止まった。

白井透という名前には聞き覚えがあった。確かに同じ小学校だったはずだ。だが、小学生の頃に同級生が亡くなることなどなかったはずだ。そんな強烈な出来事であればさすがに憶えているだろう。周りの同窓生たちも口々に反論を始める。

「死んでないって。そんな事件あったら絶対憶えてるだろ」

しかし、田淵も引かない。

「嘘《うそ》でしょ？　みんなでお葬式行ったじゃん。私人生初めてのお葬式だったからすごく憶えてるよ。そんなに仲がいいわけじゃなかったけど泣いちゃって」

「いや、マジで葬式なんて行ってないって」

この問答に終止符を打ったのは長崎だった。

「それは絶対にありえないよ。俺、白井と高校まで一緒だったから。高校のときはバスケでインターハイ一歩手前まで行ってたぞ」

それを聞いた田淵は黙り込んでしまった。

どうやら納得していない様子だった。よほど明確に白井が亡くなったという記憶が存在するのだろう。

「虚偽記憶」と呼ばれる〝誤った記憶〟については、めずらしいことではない。

しかし、小学五年生は比較的成熟した時期であり、田淵自身に大きな問題が生じていなければ、友人が亡くなったなどという記憶を作り出したりはしないだろう。可能性としては、誰かの死と混同していることは考えられるかもしれない。

結良は田淵に近づき優しく声を掛けた。

「田淵さん大丈夫？　田淵さんは嘘つくようなタイプじゃないし、他のお葬式と間違えているんじゃない？」

もちろん結良は、田淵が普段から嘘をつくような人間かどうかなど知りはしなかったが、責められるような形になってしまった田淵を放っておくことはできなかった。

「絶対違うよ。ちゃんと憶えてるもん。クラスの全員で行ったけどみんなで入るのは難しいからって先生が一人でお焼香に行って……私たちは、みんなでそれを見ながら泣いてた……多度さんは泣いてはいなかったけど」

確かにクラスメイト全員が焼香をするのは現実的ではなく、そのような対応になるかもしれない。

そして私は泣かない。あのときもそうだった。小学生の私もおそらく同じだろう。客観的に状況を見ればおそらく白井は亡くなっていないのだろう。しかし、結良は田淵がまったくのでたらめを言っているようには思えなかった。

「今日の幹事って誰だっけ？」

田淵は急に話題が変わったことに、きょとんとした顔をしながら答える。

「片山《かたやま》君だけど、なんで？」

そう答えながら、別のテーブルでお酒を飲んでいる男性を横目で見る。

結良は、田淵の手を引くと片山のいるテーブルまで向かった。田淵は必死にグラスの飲み物をこぼさないようにしている。

「片山君。今日ってあとは誰が来るの？」

突然話しかけられた片山は少し驚きつつもスマートフォンを取り出し、画面を見ながら答えてくれた。

「あ、多度さん。久しぶりだね。えーっと、あとは上田と白井と高山、あと先生も来てくれるってよ」

笑顔でそう答える片山とは対照的に、田淵の顔からは血の気が引いていた。

そのとき、入り口の扉が開き、それに気づいた片山がそちらに向かって行った。

しばらくすると、周囲に挨拶をしながら一人の男がテーブルの方に歩いてきた。

「おお、来たじゃん。白井こっち来いよ」

背が高く、がっしりとした体形のその男は呼びかけに片手を上げて答えると、先ほどまで結良たちが話していたテーブルに近づいていった。

結良は田淵を一人で置いていくことができず、しばらくは距離を取って様子を見ていた。必死に白井から目を逸《そ》らし、固まっている田淵の緊張をほぐそうと口を開いたとき、先ほどのテーブルの会話が聞こえてきた。

「さっきおまえが死んでるんじゃないかって話してたんだよ」

その一言に嫌でも注意がそちらに向いてしまう。

「え？　誰が？　誰が俺は死んでるって言ってたの？」

周囲は笑い話として捉えているようだったが、当の本人はかなり真剣な声色で聞き返していた。

万が一、田淵が悪意のある嘘をついたなどと思われて、この場の雰囲気が悪くなったら、せっかくの同窓会が台無しになってしまうかもしれない。

しばらくすると、結良と田淵を呼ぶ声が聞こえてきた。

「行こう。まあ、生きてたに越したことはないし、誰かのお葬式と間違えたって言えば大丈夫だよ」

励ましながら田淵の手を握る。その手は微《かす》かに震えていた。

テーブルに戻るなり、白井が真剣な面持ちで問いかけてくる。

「あのー。俺が死んだって言ってたのは……」

皆の視線が田淵に集まる。黙り込んでいる田淵に代わって、結良が弁明した。

「多分、記憶が混ざったんだと思うよ。ほら、子どもだったときのことだし。だから悪気があったわけじゃ……」

「あ、いや。別にそんなふうに思ってないよ……じつは、死んでたって言われるの初めてじゃないんだ」

その場にいる全員の視線が白井に移る。

「最近、たまに言われるんだよ。この前はバスケ部の仲間にも言われたし、大学でも誰が言い出したのかわからないけど噂《うわさ》になっちゃって。だからちょっと怖くてさ。そのうち本当に死んだりしないよなって」

「死んだって言われる時期は？　大学からの知り合いが小学生のときに死んだなんて言わないよね？」

「え？　時期？」

「いつ死んだはずだって言われるの？」

「えっと、中学校のバスケ仲間には高校生のときに死んだって言われてて、大学だといつの間にか死んだことになってて……」

「じゃあ、白井君が死んだと思っている時期はバラバラなんだね？」

「田淵さんは、いつ俺が……」

結良は白井に質問をさせなかった。

「そんなふうに言われ始める前に、何かきっかけとかなかったの？」

「特になかったよ。みんな本気で死んでるって思ってるっぽいのは一緒だけど」

結良がさらに質問を続けようとしたとき、葵がそれを遮った。

「でも、死んでなかったんだからいいじゃん。勘違いってことで。一番のハッピーエンド」

明るい声色で、無理やりその場の空気を変えようとしている。皆の話題が他に移り始めると葵は小声で言った。

「結良。顔。怖い顔になってるよ」

「ごめん」

「まあ、仕方ないか。とりあえずあの話はやめておこう。田淵さんも萎縮しちゃってるし。結良だって……」

「私は大丈夫。大学の先生がそういう話、集めてるから、聞きたかっただけ」

結良は飲み物を置くと、皆の間を縫ってトイレへ向かった。

手洗い場の鏡に映る自分の顔は確かに強張っていた。もう一人の自分から目を逸らし、大きく深呼吸をする。

切り替えよう。戻ったらみんなの近況でも聞いてみよう。そしてこの話をゼミの指導教員である佐伯翼《さえきつばさ》にでも聞いてもらって、それで終わりにしよう。


虚偽記憶か？　マンデラ効果か？


「マンデラ効果じゃない？」

「なんですかそれ？」

「あ、僕知ってますよ。テレビとかで有名人が亡くなったとき、その人がもう死んでたって記憶があるっていう心理効果ですよね？」

佐伯の発した意味不明な言葉を沖山修一《おきやましゆういち》が解説する。どこか満足そうな表情を浮かべる修一に対して、佐伯の修正が入った。

「心理効果って、マンデラ効果は正式な心理学の用語じゃないからね」

「え？　そうなんですか？　てっきり社会心理学の用語なのかと……」

「違うよ。勉強する姿勢は素晴らしいけど、ちゃんとした情報を得られるように気をつけて。マンデラ効果っていうのは、都市伝説から生まれた言葉で、どっちかというとオカルト専門用語だね。少しだけ研究も行われてるけど」

そう言うと、佐伯は研究室の棚から一冊の雑誌を取り出した。表紙にはＵＦＯやらピラミッドやら心理学とは縁がないようなイラストが描かれている。

雑誌をぺらぺらとめくっていた佐伯は「あった」とつぶやき、そのページを読み上げた。

「マンデラ効果。ネルソン・ホリシャシャ・マンデラは南アフリカ共和国の大統領を務めた人物であり、ノーベル平和賞を受賞したこともある。だがそこまでの道のりは平坦《へいたん》なものではなかった。一九六四年から一九九〇年までの二十七年間、国家反逆罪で囚人として獄中生活を送ることになる。しかし、彼を支持する者は多く、釈放後はさまざまな功績を積み重ね、先ほどの大統領就任やノーベル平和賞受賞など多様な偉業を成し遂げることとなる。ところが……ある時期を境に『ネルソン・マンデラは獄中で亡くなった』という記憶をもつ者たちが大量に現れたのだ。だって」

そこまで読み上げると、佐伯は雑誌のページを開いたまま机の上に置いた。修一が興味を示し雑誌を読み始める。結良は、そんなものに答えを求めるつもりはなかったが、一応質問をしてみた。

「先生は、このオカルト現象がなんで起きたんだと思うんですか?」

「うーん。この雑誌を読む限りだと、マンデラ効果の発祥の時期は明記されていないけど、多分インターネットの普及とかが関係してるんじゃない? 誰かが間違った記憶をもっていて、それが広がっていった。ほらネルソン・マンデラってすごい人だけど、日本人がみんなしっかり知っているかって言われたら微妙なところじゃない?」

「誰かの虚偽記憶から始まって、なんとなくの同調で広まったってことですか?」

「そんな感じかな。推測だけどね」

「じゃあ、私の同級生の場合はどうなんです? 死んでるはずだって人がぱらぱら出てくるのは、さっきの話とは違いますよね?」

「そうだね。過去に死んでもおかしくないような事故とかに巻き込まれてて、その記憶と混同してるってことはないの?」

「それはなさそうです。事故に遭ったようなことはないですし、みんなに死んだはずだって言われる年齢もバラバラだって言ってましたから」

「じつは白井君が問題児で、何人かが共謀して嫌がらせしてるってことは？」

「それもないです。むしろスポーツ一筋でまじめな印象です」

佐伯は顎に手を当てて考え込んでいたが、どうしても理屈をつけることができないようだった。

「先生って、いままで死んだ人が生き返った怪奇現象とか聞いたことないですか？」

「もちろんあるよ。幽霊もゾンビも元は人間じゃない？」

「そうじゃなくて。死んだはずの人が元の姿で生き返った話です」

「考えてみると意外とないね。心臓が止まったのに蘇生《そせい》した事例とかは実際の医療現場で聞いたことはあるけど、あれは怪奇現象とは違うからね」

雑誌に顔を埋めていた修一が突然言った。

「イエス・キリスト」

結良と佐伯は同時に修一を見る。

「キリストってそうじゃないですか？　一度死んで、何日か経《た》ってから生き返ったんですよね？」

佐伯は意表を突かれた表情を浮かべている。

「確かにそうだ。キリストは処刑された三日後に復活を遂げた。そう考えると生き返る話は怪異現象というよりも、奇跡として語られているのかもね」

言われてみればその通りだった。死者を生き返らせることは人類の為《な》しえていない悲願であり、唯一生き返った者は神と同等の扱いを受けている。

結良が神として祀《まつ》られている白井を想像していると、佐伯が問いかけてきた。

「さっきから気になってたんだけど、なんで多度さんは〝生き返り〟を話のメインテーマにしてるの？　僕はどっちかというと〝存在しないはずの記憶〟が主役の怪異現象だと思うんだけど」

「それは」と言いかけて、とっさに急ブレーキをかけた。

唐突な指摘でつい話してしまいそうになったが、勢いで話すようなことではない。しかし、無意識のうちに人が生き返る方法を模索している自分がいたことには驚いた。

「それはついそっちに注目しちゃっただけです。よくわからない現象すぎて、わけわからなくなってました」

とっさに方向転換したせいでやや不自然な言い回しになってしまったが、佐伯はそれほど気にしていない様子であった。

「まあ、いいか。その白井君とはちゃんと連絡取れるようにしておいてね。そのうち取材させてもらいたいから」

佐伯の話を受け流して適当に返事をしたとき、ポケットの中でスマートフォンが振動した。

メッセージは葵からだった。どうやら先日の同窓会で集まったメンバー数人と改めて遊びに行く予定を立てたらしく、その誘いの連絡だった。

参加予定者には白井の名前がある。

普段の結良であれば、大学院の受験を控えたこの時期に遊びには行かなかっただろう。しかし、白井にかかわる出来事に興味を引かれていたためか、気がついたときには参加の返事をしていた。

結良の過去

集合場所にはすでに数人が集まっていた。

「結良。今日は私の方が早かったね」

葵が明るい声とともに駆け寄ってくる。

「葵？　時間通りに来てるとか、めずらしくない？」

「それは失礼すぎる。そもそもいつもだって結良よりは遅いだけで遅刻はしてません」

「ごめん。勝手に遅刻魔のイメージがついてた。でも伊豆旅行なんてすごいよね。何人くらい来るのかな？」

「結構来るみたいだよ。翔君が別荘持ってるんだってさ」

「別荘？　この人数が行けるって相当大きいんだね。お金持ちなんだ」

「チャラそうなお金持ちって、あんまりよい印象ないけどね。でも私は久しぶりに結良と遊びに行けるからすごくうれしいけど」

そう言って葵はエクボが浮かぶかわいらしい笑顔を見せる。中学三年生までは毎日のように見ていた表情だった。

「本当に久しぶりだね。大学生になってからは一回出かけただけだもんね」

「お墓参りのときね」

その一言で、二人の間に沈黙が訪れる。

……私たちは中学生の頃、いつも一緒だった。

私と葵、そして霧島紗良《きりしまさら》。

中学校生活が始まったばかりの頃。もともと友人であった葵とは中学校でも同じクラスになり、より親密になっていった。一方で紗良はなかなか友人ができず、一人でいることが多かった。

しばらくして、クラス全体による紗良へのいじめが始まった。理由はわからない。きっと明確な原因はなかったのだろう。中学生のいじめなどそんなものだ。

ある日、紗良がいつも大切そうに持っている猫の描かれたペンケースを、クラスメイトが「幼い」だの「汚い」だのと馬鹿にしていた。

そしてそのペンケースを取り上げた。後でわかったことだが、そのペンケースは数年前に事故で亡くなった母親が買ってくれた大切なものだったらしい。

泣きながら必死に返してほしいと頼み込む紗良を笑いながら、一人の男子生徒がそのペンケースをごみ箱に向かって投げようとした。

次の瞬間、男子生徒の顔面に葵の見事なハイキックが炸裂《さくれつ》した。結良が倒れた男子生徒からペンケースを取り戻し、紗良に渡すと背後で怒号が響き渡った。

「ふざけんなよ。次はおまえだからな」

葵に詰め寄る男子生徒に対して、代わりに結良が答えた。

「見てて、不快。次に何かしたら学校やめさせるから」

教室は時が止まったように張り詰めた空気に包まれたが、徐々に葵に蹴り飛ばされた男子生徒を笑う声が聞こえ始めた。

結局、その一件がきっかけとなり紗良へのいじめは収まったが、結良と葵もクラス全体からは浮いた形となってしまった。中学校では正しいことをすることが必ずしも正解ではないのだと思い知った。

しかし、悪いことばかりではなかった。その日以来、紗良は二人と行動を共にすることが増えた。最初は二人に対して遠慮している印象を受けたが、一年が経つ頃になると三人はいつも一緒に行動する親友になっていた。

紗良はおとなしく、引っ込み思案なところはあるが、誰に対しても柔らかく接する優しさを持ち合わせており、一緒にいることがとても心地よかった。

文化祭を三人で回ったり、葵が出場するバスケの試合を応援しに行ったり、紗良が告白される場面を覗《のぞ》き見たりと、青春と呼ぶにふさわしい日々だった。

そんな幸せな時間は、高校進学を目前に控えたあるとき、唐突に終わりを迎えた。

紗良が死んだ。

状況から自殺であることは明白だった。

しかし、その理由だけがまったくわからなかった。紗良が亡くなったその日も、学校帰りに三人で遊びに出かけて、手を振りながら笑顔で夕焼けの中に消えていく姿を見送った。

紗良のもっとも近くにいたのは、結良と葵の二人だったが、二人にも自殺の理由は皆目見当がつかなかった。もし、何かに悩んでいたのだとしても気づくことができなかった。

葵と会うということは、必然的にその記憶もよみがえってしまう。

結良は葵と会うことを徐々に避けるようになっていった。そして、もう二度とあのような思いをしないために、臨床心理学という学問の道に進むことを決めた。

大学に進学してすぐ、葵に誘われて二人で紗良の墓参りに行ったことがある。そのときはお互いに暗い記憶を抑え込み、久々に近況を話し合った。しかし、お互いに無理をしながら話していることは明白だった。

いまもこうして紗良のことを思い出し、葵との会話は止まってしまっている。

先日の同窓会でも、葵は私にかなり気を遣ってくれていた。

現実に戻り、あわてて会話を再開しようとした結良を遮って葵は言った。

「私、警察官になることにしたんだ」

「え？」

「結良はカウンセラーになるんでしょ？」

「うん。そのつもりだけど……」

「一緒だね。私も紗良のこと忘れてないよ」

「一緒って、どういう意味？」

「紗良の自殺。私は納得してない」

結良の表情からどのような感情を読み取ったのかはわからないが、葵があわてて付け加えるように言った。

「あ、いや。受け入れられないとかじゃないんだ。理由がわからないってすごくつらいことなんだなって思ってさ。警察って事件の捜査とかするじゃん？　事実を明らかにするために一所懸命になってくれる人がいるって、やっぱり必要なことだよなって思って。形はだいぶ変わったかもしれないけど、紗良からつながってるの」

「……」

「ごめんね。急にこんな話しちゃって。でも結良とはまた仲良くしたいからさ」

結良は葵の覚悟を伴った美しい言葉に衝撃を受け、返事をすることができなかった。

葵がさらに何かを言いかけたとき、長崎が話に割って入ってきた。

「あのさー。白井から連絡とか来てないよね？」

「白井君？　多分来てないと思うけど……」

そう言って葵は自分のスマートフォンを確認する。結良も念のために確認したが、当然連絡など入っていなかった。

「来てないけど、どうしたの？」

「白井が来ないんだよ。もうみんな集まっちゃったんだけど、白井も車出す予定だったから。あいつ来ないと行けないんだよな」

気がつくと、辺りには相当数のクラスメイトがそろっていた。この人数であれば車も数台必要になるだろう。

「でも先に行くのも難しそうだもんね。仕方ないから白井君が来るのを待つしかないんじゃない？」

結良の提案に渋々了承した様子の長崎は、皆にもう少し待ってほしいと声を掛けて回り始めた。

「白井君どうしたんだろう?」葵が不安そうな表情を浮かべる。

結良も同じ気持ちだった。おそらく先日の話が頭をよぎったのだろう。

「まあ、車がないとどうにもならないし、待つしかないいんじゃない? 多分渋滞とかしてるんだよ」

「そうだね。——ってか結良はいま大学どんな感じなの?」

「大学? いや、変わった先生のゼミに入っちゃってさ。楽しいんだけど、ここ一年くらいは変なことに巻き込まれてばっかり」

先ほど葵は勇気を出して、紗良の話をしてくれたのだろう。それに応える心の準備は、まだできていない。しかし、また葵とともに過ごしたいという思いは、結良も一緒だった。

これを機にまた遊んだりできるといいな……。

そんなことを考えながら、結良は葵と会っていない数年間の出来事を話した。葵も同じように大学生活について話してくれた。

二人の四年間を話しきるまでに、どれほどの時間が経っていたのだろうか？　久々の会話に気を取られ、気がつくと日が沈み始めていた。

その日、白井が集合場所に現れることはなかった。

会葬礼状

「すみません」

修一は、何度もぶつかりそうになりながらキャンパスを走っていた。完全な遅刻だ。修一にとっておそらくは結良にとっても、研究室の居心地がよく、基本的に大学へ来るときは研究室に入り浸っていた。

しかし、当然ながらゼミという授業は存在しており、水曜日の四限は卒業に向けた研究の準備などを行う、しっかりとした授業の時間が設けられていた。

すでに四限の時間を二十分も過ぎている。しかも今日は結良の卒業に向けて、模擬研究発表会を行う日だった。修一のせいで始めることができておらず、結良はキレているかもしれない。扉を開けると同時に大きな声を出した。

「本当にすみませんでした」

研究室に修一の謝罪が響き渡る。しかし、研究室には椅子に座って紅茶を飲んでいる佐伯しかおらず、結良の姿は見当たらない。まさか、帰ってしまったのだろうか？

「修一君、今日ゼミ、休みで」

「はい？」

修一が状況を呑《の》み込めずにいると、佐伯は机の上に置かれた一枚の紙きれをつかみ、ひらひらと振りながら言った。

「多度さんが休みなんだよ」佐伯はその紙を手渡してきた。

会葬礼状。故人の名前は〝白井透〟となっていた。

「これって……」

「昨日、多度さんが来て置いていったんだよ。ついでに少し休ませてほしいって」

「じゃあ、あのとき話してた白井って人、亡くなったんですか？」

「そうみたいだね。多度さんは車の事故だって言ってたけど」

「やっぱり、この前の話は白井って人が死ぬことの前触れだったんじゃ……」

「いや、わからない」

佐伯は、どこか浮かない顔をしながら紅茶を見つめている。

いつもの佐伯であれば嬉々《きき》として、この現象について話し始めそうなものだが、何か思うところがあるのだろうか？

修一が黙っていると、佐伯は会葬礼状を机の引き出しにしまいながら聞いてきた。

「最近、多度さんちょっと変じゃない？」

「先輩ですか？　特にそんなふうに思ったことはないですけど」

「最近は結構明るくなってきた印象があったんだけど、なんとなく昔みたいに暗い雰囲気を醸し出しているというか」

「それは友達が亡くなったんだから、当然なんじゃないですか？」

「いや、この白井君が亡くなる前からちょっと変だったよ。それに多度さんが十年ぶりに再会したかかわりの薄い友人が亡くなったくらいで休むなんてのも、らしくない」

「亡くなったくらいって……」

会話をしながら、最近の結良の様子を思い返していた。

特に佐伯の指摘するような違和感を抱いたことはないが、この白井なる人物の体験について話しているときは、やや感情的なような印象はあった。

こうして改めて考えてみると、自分があまり結良のことを知らないのだと気づかされる。一緒に過ごす時間は長いが、プライベートはあまり聞いたことがない。

佐伯は、結良のことをどれくらい知っているのだろうか？　そんなことを考えていると、佐伯がめずらしく机の引き出しに鍵をかけながら言った。

「とにかくゼミは休みね。あと、もし近いうちに僕と多度さんが言い合いになったら、絶対僕の味方をして。もし余計なこと言ったらC評価つけるから。今日の遅刻を理由にして」


白井が亡くなってから一週間が経ち、結良は久しぶりに大学へ来ていた。

皆で出かける予定だったあの日、いつまで待っても白井がやってくることはなく、心配した長崎が何度も電話を掛けていた。

そしてその電話に出たのは、救急隊員だった。

白井は集合場所に向かう途中、ガードレールにぶつかる事故を起こしていた。車はボンネットがわずかに凹む程度の損傷だったが、なぜか白井は大怪我《けが》を負って亡くなってしまった。

その知らせを聞いた結良は、自分の感情がいままでにないほど揺れ動くのを自覚していた。ようやく紗良の死に向き合えるかもしれないと思った矢先、また別の死がやってきた。

しかも、白井は自分が死ぬかもしれないと恐れていた。

もちろん、あの奇妙な出来事と関係があるのかはわからない。ましてや怪異だとして、それを防ぐことなどできやしない。

なぜ人は死んでしまうのだろうか？

白井の葬儀ではその疑問がずっと頭に浮かんでいた。

暗い気持ちのまま研究室に向かって歩いていると、スマートフォンが振動し続けていることに気がつく。

確認すると、画面には桂木葵と名前が表示されている。

「もしもし」

「あ、結良。やっと出た！」

やけに明るい声だった。結良が落ち込んでいることに気がついて、気にかけてくれたのだろうか？

「どうしたの？」

結良も、できる限り普段通りの声を出すように意識しながら返事をした。

「来週か再来週の週末って暇？」

「えっと。来週は大学で発表会があって、再来週なら少し余裕あると思うけど」

「そっか……再来週に旅行とかは厳しい？」

「旅行？」

「うん。この前、白井君のせいで旅行、行けなかったじゃん？　だからもう一回予定合わせて、別荘行こうって話になってるみたいなんだ」

なんと返事をしてよいかわからなかった。友人が亡くなってすぐ旅行を計画する感覚にはまったく共感できず、さらには白井が亡くなったせいで旅行がなくなったという言い回しは、やはり不謹慎ではないだろうか？

「さすがに行く気にならないよ。まさか葵、行くつもりじゃないよね？」

「うーん。私は結良が行かないならパスかな。結良と話すのが楽しみだっただけだし」

「ごめん。しばらくはそんな気分になれないかも。みんなは行く気なの？」

「そうみたいだよ。みんなも結構怒ってたけど、白井君が必死に謝るからもう一回計画することになったんだって」

「え？」

「みんな怒ってるの半分、また事故起こすんじゃないかって、不安半分みたいな感じで……」

「ちょっと待って。今回誰が旅行を計画してるの？」

「ん？　長崎君と白井君が中心になって計画してるみたいだよ。多分、白井君以外が運転手になりそうだけど」

「葵。意味がわからないんだけど。なんで白井君が出てくるの？」

「なんでって、この前は白井君のせいで旅行が中止になっちゃったから。白井君も旅行は楽しみだったらしくて」

恐怖が込み上げる。結良は恐る恐る尋ねた。

「白井君ってこの前、事故で亡くなったよね？」

「はぁ？　結良何言ってんの？　あ、この前の田淵さんが言ってたやつでしょ？　怖がらせようとしてるの？」

「私がそんなことするわけないでしょ！」

「……ごめん。結良はそういうこと言わないと思うけど、でも白井君が亡くなったとか言い出すから」

「一緒に白井君のお通夜行ったじゃん」

葵の声が止まってしまった。電話越しでも葵の戸惑いが伝わってくる。

「結良。マジで言うけど、白井君は死んでないよ。私は、お通夜にも行ってない」

これ以上、電話を続けることはできなかった。自分がおかしくなってしまったのではないかという強烈な不安が身体の底から沸き上がってくる。

「葵、ごめん。また後で掛けなおす」

電話の向こうからわずかに葵の声が聞こえていたが、結良は通話終了のボタンを押し、研究室へ走った。

怪異は心の傷に入り込む

白井が生きている？

そんなはずはない。白井は事故で亡くなった。私は絶対に白井の通夜に行っている。

遺影の中でほほ笑む白井の顔も、はっきりと思い出すことができる。

自分の記憶は正しい。その答えは佐伯のもとにあるはずだ。

飛び込むように研究室の扉を開けると、驚いた表情を浮かべる二人がいた。

「多度さん。もう復帰で大丈夫なの？」

「先生。私、お通夜で休みましたよね？」

佐伯と修一が顔を見合わせる。結良は返事を待つことができず、机の上に置かれた書類の束を床に落として、会葬礼状を捜した。

修一があわてた様子で結良の手をつかんだ。

「ちょっと先輩。どうしたんですか？」

「白井君が生きてるって言うの。この前話した人。だから先生に渡した書類が証拠になるでしょ。私がおかしくないっていう証拠に」

結良が怒鳴ると、修一は怯《おび》えた様子でつかんでいた手を放す。

そこに佐伯がやってきて、机の前にゆっくりと座った。

「多度さん。何があったのか話してみて」落ち着いた声だった。

半ばパニック状態に陥っていた結良は、息を整えるために床に散らばった書類を集めようと屈《かが》んだ。すると修一がそっと書類を集めだす。

「先輩、僕が拾っておきますから」

「ありがとう……ごめん」

佐伯と修一の態度によって、自分が急激に落ち着きを取り戻していくのを感じる。

「さっき友人から電話があって、その友人は白井君が生きているって言うんです。事故には遭ったけど死んでいないって。一緒にお通夜にも行った子なんですけど」

「葵ちゃん？」

「はい。……え？　なんで葵のこと知ってるんですか？」

佐伯はその問いかけには答えなかった。

「多度さんの記憶では白井君は確実に亡くなってるの？」

「絶対に亡くなってます。先生に会葬礼状を渡しましたよね。そのときに少し休みたいって伝えたら先生も二週間くらい休めって」

「落ち着いて聞いてくれる？」

佐伯は結良を真っ直《す》ぐに見つめたまま、ゆっくりとした口調で言った。

「僕は会葬礼状なんて受け取ってない。確かに多度さんと会って休む話はした。でもそのときは『少し疲れた』としか言ってなかったよ」

その一言に結良は言葉を失った。

心のどこかで、佐伯は怪異の外側にいる人間なのだと思っていた。今回も何か理由をつけてくれるのではないかと。

「嘘……」

「いや、本当だよ」

「じゃあ、私の記憶はなんなのですか？」

「虚偽記憶」

「ありえません。私、もう二十二歳ですよ？　子どもじゃない。こんな最近の出来事で虚偽記憶なんて……」

「心理的に強い負荷がかかっていれば、ありうるんじゃないかな？」

心理的な負荷……その言葉とともに葵や紗良の顔が浮かぶ。確かに最近は過去のトラウマを連想させるような出来事が多かった。しかし、それだけでここまで鮮明な記憶を作り出すとは思えない。

「確かにちょっと嫌なことは思い出してましたけど、それだけでこんなになるとは思えないです」

「どんなこと？　話せるならでいいけど」

「……」

「……」

「中学生のときに自殺した友達のことです」

それを聞いた修一は書類を拾う手を止めたが、佐伯は表情を変えず落ち着いたままだった。

「だからか」

「だからってなんですか？」

「多度さんがそんなに必死になっているのは、白井君が生きていたからじゃないでしょ？」

佐伯は一呼吸おいて続ける。

「多度さんは今回の怪異に、死んだ人を生き返らせる方法があるかもしれないって思ったんじゃない？　だから最初にこの話をしたときも、生き返る点に注目して話をしていた」

「だとしたら、何か問題あるんですか……」

自分の声が、消え入るように萎《しぼ》んでいくのがわかる。

「僕は怪異現象が好きだよ。好奇心を満たしてくれるから。でも怪異現象にすがることはしない。怪異は心の傷に入り込むんだよ」

何も答えることができない。

「いい？　死んだ人をよみがえらせる方法なんてものは存在しないよ」

「でも……白井君は……」

「多度さん。霧島紗良さんの自殺で君の心には強烈な傷がついた。どんな方法でそれを乗り越えてもいい。でも怪異にすがることだけはダメだ」

「私は乗り越えたから心理士になる道を選んだんです！」

何かを振り払うように大声を上げた。

しかし、佐伯は調子を崩さずに続ける。

「乗り越え方は人それぞれだと思う。多度さんは強いからね。でも、すべてを自分の中に抑え込む以外の方法を取ってもいいんじゃないかな？」

頭に葵の笑顔が浮かんだ。

同時に中学生の頃、紗良の通夜で泣き崩れる葵の姿も浮かぶ。

私はそばに立ってその様子を見ていた。

あのときからずっと、私は紗良の死から目を逸らし続けていた。だから、向き合って自分なりの答えを出した葵の言葉に返事をすることができなかった。

私は泣かなかったのではない。

泣けなかったのだろう。

紗良の死を認めていなかったから。傷つかないように、その事実を私の中から切り離した。

だが、もう無理だった。

わずかに浮かんだ紗良の死を否定できる可能性が、葵の覚悟と佐伯の言葉によって崩れ去った。紗良が死んだという事実が、初めて目の前に突きつけられた気がした。

気がつくと結良は泣いていた。逃げ出すように研究室を飛び出すと、非常階段へ続く扉を開ける。

「紗良……なんで……」二人の前で必死に抑えていた声が漏れだした。

「先生……」

「修一君、いまは一人にしてあげよう。多度さんは優秀だし、強いから。ちなみにこれは荒療治だから真似したらダメだよ」

「そうじゃなくて……」

「多度さんの中学校まで行って全部調べた。同級生が自殺してるとは思わなかったけど、それで今回の件が危うい方向に進んでいる気がして準備してたんだよ」

佐伯は、修一の問いかけから逃げるように次々と言葉を吐き出した。

「あの白井さんって人はやっぱり……」

「虚偽記憶だよ。多度さんの間違った記憶」

佐伯はそれきりパソコンに向かって作業を始め、話をしてくれるような雰囲気ではなくなってしまった。

さっき佐伯は言っていた。

怪異は人の心に入り込むのだと。このゼミに入ってからいろいろと不思議な体験をする機会が増えたので忘れていた。

本来怪異とは、恐ろしいものだということを。

ひと夏の思い出

恋愛できない理由

「すみませーん。あと日本酒二合と、カルピスサワー一杯お願いしまーす」

多度結良《たどゆら》が、ふわふわとした大声で店員に注文を伝える。

今日はゼミの先輩である結良の大学院合格の祝いとして、ゼミの指導教員である佐《さ》伯翼《えきつばさ》が、結良と沖山修一《おきやましゅういち》を食事に連れてきてくれていた。

「多度さん待って。僕もう日本酒は飲めないんだけど。結構酔いが回ってて」

「いいじゃないですか。他のゼミは親睦会とかやってるのにうちはやってないし、私は大学院に合格できたし」

結良は、佐伯の前に置かれたお猪口《ちょこ》に無理やり日本酒を注ぎ始める。

一軒目は高そうな焼き肉店だったが、帰りしなに結良がお酒を飲みたいと言い出したため、いまは大衆居酒屋の個室に収まり、三人で酒を飲んでいた。いつもこの二人――佐伯と結良――と一緒にいることは多かったものの、このようなプライベートな時間を共有したことはあまりなかった。

「修一君は結構飲めるんだねー。カルピスサワーっていうのが子どもっぽいけど」

「いいじゃないですか。甘いお酒の方が好きなんですよ」

いままでこうした場がなかったので知らなかったが、結良はお酒が入ると饒舌《じょうぜつ》になり、いつも以上に強引さが増すようだ。

気がつくと、修一の目の前には日本酒がなみなみと注がれたお猪口が置いてあり、佐伯が美味《おい》しそうにカルピスサワーを飲んでいた。この人は本当に問題だらけだ。

「先輩はもう大丈夫なんですか？　僕、結構心配してたんですよ」

その問いかけに一瞬、結良の手が止まったが、すぐに日本酒を飲み干すと、トロンとした目を向けて言った。

「心配してくれてたんだ。優しいねー。もう大丈夫。全力で心理士目指すから」

それはお酒の力を借りたものではなく、結良の心の底から発せられた覚悟の伴った言葉だった。あの後、いろいろと心の整理をつけたのだろう。

「さすがだね。多度さんなら大丈夫だと思ってたけど」

「さすがだね。じゃないですよ。修一君から全部聞きましたけど、私の出身中学校行っていろいろ調べたって？　完全なストーカーじゃん」

「ストーカーって、僕は多度さんを心配して……」

「うわ。ストーカーの常套句《じょうとうく》まで使ってる」

佐伯はため息をつきながら言い返すのをやめて、修一をにらみつけた。

しかし、酔っぱらった結良は止まらない。

「そんなだから彼女できないいんですよ？」

「僕は一人でいる方が楽なんだよ」

「はいはい」

「そういう二人はどうなんだよ。大学生活って恋愛も大切な要素の一つじゃない？浮いた話一切聞かないの、本当につまらないいんだけど」

この人は学生相手に何を言っているのだ。少し前に結良と同じ部屋に泊めようとしていたのも、わざとだったのではないだろうか？

突然、結良の矛先が佐伯から修一に向きを変えた。

「修一君って彼女とかいないの？」

突然の問いかけに焦っていると、からかうように二人が追撃を始める。

「さっきも言ったけど大学生活終わったら、もう恋愛のチャンスなんてほとんどないよ？」

「ってか、割とモテそうな性格してんじゃん？　面倒見いいし先生より優しいし。それで彼女いないってよっぽどやばい部分があるってことなんじゃゃ……」

「違いますよ。そんなんじゃないです。純粋に女性が苦手なんですよ。多度先輩はさすがに慣れましたけど」

「慣れたって何？　どういう意味？　私、それなりにモテるんだけど」

結良が顔を近づけて問い詰めてくる。

修一が焦っていると、佐伯が急に冷静になって問いかけてきた。

「確かに修一君ってなんで彼女いないの？　僕はてっきりいると思ってたんだけど。このゼミで可能性があるのは唯一、修一君だと思うんだよね」

結良は不満を口にしていたが、修一は言葉を詰まらせてしまった。

理由を話したら笑われるだろうか？

だが反対に、こんな話をできるとしたらこの二人しかいない。

「先生、桜井《さくらい》綾《あや》って知ってます？」

「桜井綾？　誰？　芸能人か誰か？」

「自然環境学科の学生です」

「それは知らないなー。もう臨床心理学科の学生を憶《おぼ》えることで精一杯。多度さんと修一君の二人以外は毎回勘で名前呼んでる。その子がどうしたの。元カノ？」

「そうです」

その返答が予想外だったのか、結良が興味津々といった様子で聞いてくる。

「なんだ彼女いたことあるんじゃん。なんで別れたの？　まさか浮気したの？」

「違いますよ。なんでそうなるんですか。一年生のときに授業でたまたま知り合って仲良くなったんです。でも、付き合って三か月後に大学の目の前で交通事故に遭って」

そこまで話すと佐伯が真剣みを取り戻した。

「それは憶えてる。さすがに名前までは憶えてなかったけど、会議で情報が共有されたから知ってる。確かいまも入院してるんだよね？」

「はい。事故自体はたいしたことなかったんですけど、そのときの検査で別の病気が発覚して」

結良もいくらか落ち着きを取り戻したようだ。

「それはごめん。不幸中の幸いというか。事故のおかげでもっと大きな病気が見つかったわけだし、治療も早い段階でできるし、何より生きてるんだから……」

「いや、違うんです。僕のせいなんです」

二人は驚いた表情を浮かべたが、何も言わない。修一の次の言葉を待っているようだった。一瞬ためらったが、お酒の力を借りて言葉を吐き出した。

「僕、呪われてるんです」

居酒屋の喧騒《けんそう》の中、修一たちの個室だけ言葉が消えていた。

「呪われてるってどういうこと？」しばしの静寂の後、佐伯が聞いてきた。

「初めてじゃないんです。小学生のときも、僕が好きだった女の子が事故に遭っていて」

「偶然が二回連続しただけとは考えなかったの？」

修一は首を横に振った。

「偶然じゃないです。特に小学生のときの事故は。もう大丈夫かなと思って、大学に入ってから付き合ってみたんですけどダメでした」

「なんで小学生のときは、特に偶然じゃないって思うの？」

酔いの回った頭で、どのように答えるべきか必死に考えていた。しかし、酒のせいか、またはここ最近怪異体験をしすぎたためか、出てきた言葉は非常にシンプルだった。

「小学生の頃、幽霊に取り憑《つ》かれたことがあるんです」

佐伯と結良はぴたりと酒を口元に運ぶ手を止めた。

そして、ジョッキとお猪口をテーブルに戻すと同時にまくしたてる。

「幽霊に取り憑かれたって、具体的には何があったのさ？　幽霊は見たの？　修一君の出身って大分だったよね？　大分のどこ？」

「待ってよ。いままでそんなこと言ってなかったじゃん。っていうかなんで修一君じゃなくて、付き合った女の子に被害が出るのよ」

一度にこんなにたくさん聞かれても、何から答えてよいのかわからない。

修一は仕方なく、幼少期の体験を一から話すことにした。

公園で出会った女の子

いつの時代にも、どの学校でもいじめは存在する。

修一が通っていた小学校も例外ではなかった。クラスの中では常に誰かが小突かれたり、背中を押されたりしていた。いじめの対象は些細《ささい》なきっかけですぐに変わる。

そして、修一の番がきたのは夏休み直前のことだった。

小学三年生の七月。いつものように登校して、ランドセルを棚にしまいながら発した「おはよう」という一言に返事はなかった。

最初は聞こえなかったのかもしれないと思ったが、数分後には自分が無視されているのだと気づき始めていた。

普通は自分の行動を顧みたり、つらい気持ちに支配されたりするのかもしれない。しかし、修一が真っ先に考えたのは家族のことだった。

修一の家は小さな商店を営んでおり、両親はいつも忙しそうにしている。そんな両親に余計な心配をさせたくないという思いが頭に浮かんでいた。

夏休みに入って数日が経《た》った頃、修一は近所にある公園へ遊びに行くことにした。おそらく誰も話してはくれないと思うが、夏休みに入ったにもかかわらず、いつまでも家にいると両親にいじめられていることがばれてしまうかもしれない。

いまになって考えてみれば過剰とも思える気遣いだったが、当時の修一は、とにもかくにも自分が仲間外れにされているという事実を親から隠すことに精一杯だった。

憂鬱な気分のまま自転車に乗る。数分も走ると公園のシンボルになっている二本の大きな杉の木が見えてきた。

公園まで数メートルと近づいたところで子どもの声が聞こえてくる。流行りのゲームで盛り上がっているようで、「負けた！」「やった！」などと騒ぐ声が届いてきた。公園の端から覗《のぞ》くと、多くの子どもたちが園内に集まっている。同級生の姿もちらほら見えていた。

勇気を出して公園に乗り込み、親しい友人である菊池圭太《きくちけいた》に声を掛ける。

菊池は何かに葛藤したように小さく「おう」と返事をしてくれたが、その声を「おい」という大きな声が上書きした。

声の方向を見ると、水本勝也《みずもとかつや》が高台に立って修一をにらんでいる。

菊池は焦った様子で「ごめん」とつぶやくと、小走りで水本のグループに交ざってしまった。どうやらまだ無視をする刑は解かれていないようであった。

水本はクラスの中心人物で、何かと理由をつけては人を責めることが多い。ロシアン・ルーレットのようないじめの中心にはいつも水本がいた。あいつがいる限り、遊びに交ぜてもらうことはできないだろう。

修一は仕方なく公園の端に自転車を置くと、一人で杉の木に向かった。

公園は遊具があるエリアと広場に分けられており、広場の奥は手入れもされておらず草木が生い茂っていた。さらにその草木をかき分けて進んだ先は、二本の大きな杉の木があることから二本杉公園と呼ばれていたが、そのシンボルまでやってくる者は皆無だった。

孤独感に包まれながら、しゃがみこみ足元の土をほじくり返していると、突然誰かが話しかけてきた。

「何してるの？」

急に声を掛けられたことに驚き顔を上げると、目の前には女の子が立っていた。見たことのない子だった。

「一人で……遊んでる……」

女の子は白いワンピースに身を包み、真っ黒な髪をおかっぱに切りそろえている。そしてどういうわけか靴を履いていなかった。

「じゃあ、一緒に遊ばない？」

そう言うと女の子はしゃがみこみ、修一の真似をするように土をいじり始めた。

見知らぬ女の子の気さくな態度に少し面食らったが、孤独を紛らわせてくれる存在を邪険にする気はない。

「どこ……？　どこの小学校なの？」

沈黙を埋めるために尋ねたが、女の子は黙って地面を触っている。

修一の視線に気づくと彼女は笑顔で答えた。

「私、いまだけこっちに来てるんだ」

「いまだけって、夏休みだから？」

「うん」

里帰りで親戚のもとを訪れたのだろうか？

今度は女の子が地面を見つめたまま問いかけてきた。

「どうして一人で遊んでるの？」

彼女の問いかけに「それは」と言いかけて、結局口籠ってしまった。

初めて会った女の子に、自分が仲間外れにされていることを教えるのはなんとなく気が引ける。彼女は、答えを求めるように修一へ視線を向けている。

「誰も遊ぶ人いなくて」

修一はいじめられていることを悟られないように、やや声を軽くして答えた。

いじめられていることがばれるのではないかと不安だった。しかし、修一の予想に反して、女の子は歓喜の声を上げた。

「そうなの？　私もなの。じゃあ一緒に遊ぼうよ！」

うれしい一言だった。

「本当？　遊びたい！」

修一の笑顔を見た少女も、また笑顔を返してくれた。

それから毎日、公園で少女と過ごす日々が続いた。

会話は他愛もない内容であったが、その会話から彼女について少しだけ知ることができた。〝遠いところ〟に住んでおり、夏休みの間だけはこちらに来ていること。こちらには友人がおらず、何人か初対面の子に話しかけてみたが、無視されてしまったこと。

そして、何度も会ううちに修一も自分の置かれている状況を打ち明けていた。自分がいじめられていること。それが運悪く夏休み前だったこと。

「どの子がいじめるの？」

少女は目を細めて、遠くに集まっている友人たちを見つめながら聞いてきた。

「緑色の帽子のやつ……勝也っていうんだけど」

「ふうん」

女の子はしばらく友人を見つめた後、修一の方を振り返り、

「でも私が一緒に遊ぶから気にしなくていいよ」と笑った。

快活なその言葉に修一が頷《うなず》くと、今度は「修一君は好きな子とかいるの？」と変わらず笑顔で聞いてきた。いじめの話題を変えてくれたことはありがたかったが、年頃の小学生にとって恋愛の質問は少し荷が重い。

「……いるよ」

口を衝《つ》いて出た言葉に自分でも驚いた。普段から一緒にいる友人ではないことが、そうした話題に対する恥ずかしさを希釈したのかもしれない。

この返答に女の子は目を見開いて食いついてきた。

「え、誰？　どんな子？」

「あそこにいる青いズボンの子」

「なんていう子なの？」

「美樹《みき》ちゃん」

修一は答えながらまた陰鬱な気分になっていた。

岡田《おかだ》美樹は幼稚園の頃からずっと同じクラスだった。何かとペアを組むことも多い。修一が初めて恋心を抱いた女の子だった。

自分が仲間外れにされている中、楽しそうに遊んでいる友人たちの中に岡田の姿があることも、気持ちが落ち込んでいる理由の一つであった。

「美樹ちゃんっていうんだ」

少女は再び視線を修一の友人たちに向けると、そのまま黙ってしまった。

話題の中心が自分の恋愛になったことで、急に恥ずかしさが込み上げてくる。修一は逃げるように「そっちは好きな子とかいるの？」と聞いた。

ゆっくりとこちらを振り返った女の子は、どこか寂し気な雰囲気を醸し出している。

そしてゆっくりとした口調で言った。

「私と一緒にいてくれるから修一君」

予想外の返答に、修一の心の中には恥ずかしさとうれしさの入り混じった不思議な感情が沸き上がっていた。

その後の会話はよく憶えていない。それからも毎日のように公園へ出かけては、名前も知らない女の子と遊んで夏が過ぎていった。

夜の公園

「そろそろ行くか。修一、カメラを落とさないようにちゃんと持つんだぞ」

夏休みも終わりに差し掛かった頃、修一は自由研究の課題として、昆虫の写真を撮影するため、父とともに二本杉公園に向かった。

時刻は夜九時を回っている。

修一は久しぶりに父親と時間を共有できることや、夜の公園に行くことができる期待感から胸を躍らせていた。

公園までの道すがら、父親と他愛もない話をする。たいしたことのない会話かもしれないが修一はうれしかった。「学校はすごく楽しい」と嘘《うそ》をつくことだけは心苦しかった。

昼間は子どもたちの声で賑《にぎ》わう公園も、夜はその姿をがらりと変える。

辺りには虫の声だけが響き渡り、人の気配など微塵《みじん》もない。

代わりにカブトムシや蟬《せみ》の幼虫などが、そこかしこにいた。

修一は興奮して、公園に入るなりシャッターを切った。蟬の幼虫が羽化する様子や、一つの木に何種類もの昆虫が止まっている場面を写真に収めながら、公園の中を走り回っていく。

父親は修一を見失うまいと必死についてきてくれていたが、一時間もすると「少し休憩だ」と唯一の電灯近くにあるベンチに座ってしまった。

修一も最初は父親のそばに座り、撮影した写真を一緒に見ていたが、すぐに撮影を再開したくなってしまった。思わず走り出す修一の背中に、父親の大きな声が届く。

「お父さんが見えるとこだけだぞ。あと、懐中電灯ずっとつけっぱなしにしておくんだぞー」

修一は振り返り大きく手を振ると、懐中電灯とカメラを手に、真っ直《す》ぐ二本杉へ向かって行った。あれほど大きな木だ。しかもあの付近は手入れもされておらず、草木が生い茂っている。たくさんの昆虫がいるに違いない。

その考えは正しかった。杉の木に近づくにつれて徐々に昆虫が増えていく。

修一は一心不乱にシャッターを切りながら、杉の木に近づいていった。夜に見る巨大な杉の木は、普段とは異なる迫力がある。この迫力をカメラに収めたい。

しかし、これほど巨大なものをどうやって撮影すればよいのだろうか?

後ずさりをしながら、どうにかしてこの巨大な杉をカメラに収めようと試行錯誤を重ねた。

「何してるの?」

背後から聞きなじみのある声がした。

驚いた修一はバランスを崩し、ファインダーから見える世界は大きく傾いた。カメラを持っていたため、上手く体勢を整えることができず、そのまま地面に倒れこむ。

膝の痛みをこらえながら振り返ると、女の子が立っていた。

「何してるの?」

目が合うと女の子は同じ質問をもう一度繰り返す。

「え、そっちこそこんな時間に何してるの?」

「私は……修一君が公園に来てくれたから……」

その言葉の意味がよくわからず、どのように返事をしてよいのか戸惑ってしまった。

背後の茂みが音を立て始めた。しかし、女の子はその音に反応することもなく、変わらず修一を見つめている。

修一は目の前の女の子と、茂みの音の両方に恐怖心を抱き始めていた。

茂みの音が徐々に大きくなっていく。何かが近づいてくる。

「修一、こんな暗いところ危ないだろ。母さんも心配するからそろそろ帰った方が……おまえ、膝大丈夫か？　転んだのか？　痛いか？」

茂みから現れたのは父親だった。修一の膝から流れ出る血を見て、心配し、動揺しているようであった。

「大丈夫。そんなに痛くないから。カメラも多分、大丈夫」

「カメラなんてどうでもいいよ。とにかく早く帰って消毒しないと」

そう言うと父親は修一に背中に乗るように促す。うれしさと同時に恥ずかしさが込み上げる。この姿を女の子には見られたくなかった。

このやり取りを女の子はどのような顔で見ているのだろうか？

気になって振り返ると、そこに女の子の姿はなかった。

「確かに夜の公園にいるのは変だけど、それだけじゃ幽霊確定じゃないでしょ」

結良が酒で顔を赤らめたまま言う。

「靴履いてないのは、僕的には得点高いけどな」

佐伯は意味のわからないことをつぶやいた後、続けて疑問を投げかけてくる。

「確かに不審ではあるけど、それだけで取り憑かれたって考えるのはちょっと強引じゃない？」

「その次の日も会ったんです。その女の子に。そのとき、『今日で帰るから教えてほしい』って……」

修一は恥ずかしさが込み上げ言葉を止めてしまった。

「教えてほしいって何を？」

「……自分のことをどう思っているかって……。『私のこと好き？』って聞かれたんです」

佐伯と結良は顔を見合わせると、二人そろって質《たち》の悪い笑みを浮かべた。

「いやー。いいね。聞いてるこっちが恥ずかしくなってくるよ。怪談というより、子どもの純粋な恋愛話じゃない」

「で、修一君はなんて答えたの？　女子から告白するとか勇気いると思うよ」

「僕は……答えられませんでした。焦って黙っている間に、女の子はいなくなっちゃって」

それを聞いた結良は深いため息をつく。

「ゼロ点です。せめてどっちかは言ってあげないと。モテない理由が判明しました」

「だって突然だし僕まだ小学生だったんですよ。そんな会話にも慣れてないし……」

佐伯が話題を戻す。

「でもさ、ここまでの話だと取り憑かれたって意味がよくわからないんだけど。ただ幽霊っぽい子に好きだって言われたから、そう思ってるってこと？」

「違います。その女の子と別れた日の夕方、美樹ちゃんが死んだんです。僕の好きだった女の子。公園の前で」

これにはさすがに二人ともその笑顔をひっこめた。

「死んだって、なんで？」

「交通事故です」

「偶然の可能性もあるよね？」

「ないです。僕の住んでいたところは大分でも結構田舎の方なので、その公園の周りを通る車なんてほとんどなかったんです。轢《ひ》いた車を運転していたのも知り合いで……その人が言うには、誰かに引っ張られるみたいに公園から飛び出してきたって」

「うーん。頑《かたく》なだね」

佐伯は腕を組んで何かを考え始めた。どうやら修一の体験を怪異として受け入れる気はないようだ。

「じゃあ、他に何か説明できますか？　変な女の子に会って、好きだって言われて、その後に僕が好きになった人が連続で事故に遭ってるんですよ」

「女の子はイマジナリーフレンド。後の事故は偶然」

佐伯の答えは意外なものだった。

イマジナリーフレンドは、幼少期の子どもに多く見られる現象で、子どもが内的な世界に自らの存在を作り出し、それに名前や役割を与える。そして、あたかも存在する他者のように認知し、共に過ごしたという記憶をもつに至る。

意外だったのはその言葉ではなかった。

佐伯は、普段からこのイマジナリーフレンドという言葉を嫌っていた。

「先生、前にイマジナリーフレンドはテレビで流行ってから素人が雑に使うようになって、怪異を雑に否定するアイテムになったとか言ってましたよね？」

「うん。でも僕は素人じゃないからね」

すごい物言いだった。

「イマジナリーフレンドって、もっと幼い年齢で生じる現象ですよね？」

「いや、生じやすいってだけで絶対じゃない。たまに大人になってからももち続けている人もいるし。しかも長男は見やすいってデータもある。修一君って確か弟と妹がたくさんいるんだよね？」

「それはそうですけど……じゃあ名前は？　名前が付けられることが一般的ですよね？　しかもなんでわざわざ裸足とか夜に出てくるとか、人間っぽくない感じなんですか？」

「〝一般的〟ということは例外もあるってことだよ。それにイマジナリーフレンドは必ずしも人間の形をとるとは限らない。修一君の話してた女の子ってちょっと座敷童《わらし》っぽいし、そのイメージが混ざったんじゃない？」

ダメだ。何を言っても否定されてしまう。

佐伯はどちらかというと、怪異を真っ向から否定することはせず、その役目を担うのは結良であることが多かった。

そういえば、この話題については結良が入り込んでこない。横目に様子を窺《うかが》うと、結良は佐伯を見つめている。何かを考えているようだった。

「だから修一君。気にしすぎない方がいいと思うよ。彼女を作らないのは自由だと思うけど、それを理由に彼女を作らないのはやめた方がいい」

「でも……」修一が言いかけたところで、突然結良がとんでもない提案をしてきた。

「じゃあ、私と修一君が付き合ってみればいいんじゃない？」

「え……」

「付き合ったことにして、しばらくの間、私に何も起こらなければ気のせい」

「いや、それは……え……僕でいいんですか？」

「僕でいいんですかってどういう意味？　とりあえず何もしなくても付き合った事実があればいいんでしょ？」

「それはそうですけど、もし僕が本当に呪われてたら……」

「じゃあ、決定。これからよろしくね。修一君」

そう言うと今度は佐伯に視線を向けて話し始める。

「で、先生。その公園、調査に行くのありじゃないですか？」

佐伯はすぐに拒否した。

「なしだね。この前、二人を札幌の高級ホテルに連れて行ったせいで、もう僕に研究費も遊びに連れて行ってあげるお金もないの」

「卒業旅行ってことで、私と修一君は自分で出しますから」

すると、佐伯はすぐに意見を百八十度変えた。

「それならいいよ。一緒に旅行に行くっていうのはいろいろ面倒だから、別で行ってそこでたまたま会ったことにしようか」

修一を置き去りにして、事態がどんどん大変な方向に進んでいく。

「ちょっと二人とも待ってくださいよ。本当に行くんですか？　大分ですよ？」

「僕はかまわないよ。調査が終わったらゆっくりできそうだし」

「すごく心強いですけど……でも、僕のことで、そんな遠くまで行かせちゃうのはちょっと気が引けます」

どちらも本心だった。二人には話していなかったが、二本杉公園には事故が起きて以来一度も訪れていなかった。

あれは気のせいだったのだと確かめたくても、恐怖で公園に近づくことすらできない。佐伯と結良が一緒に来てくれるのであれば、これほど心強いことはなかった。

しかし、二人には金銭的にも迷惑をかけてしまう。しかも、幽霊云々《うんぬん》の話が修一の勘違いだった場合は完全な無駄足だ。

その二つの気持ちで葛藤した修一が曖昧な返答を続けていると、結良が言った。

「彼女が行きたいって言ってるんだから、黙ってついてきて」

二本杉公園

街並みはあまり変わっていなかった。

きれいなマンションとコンビニが少々できたくらいだ。東京であれば街の景色は目まぐるしく変わってしまうが、ここでは変わらずゆっくりと時間が流れているようだった。見覚えのある駄菓子屋や、酒店が目に入るたびに不安が増していた。

佐伯と結良は、そんな修一の気持ちなどどこ吹く風といった様子で会話を弾ませている。ここへ来るまでの道中、結良は「彼氏なんだから」「彼女がお願いしているんだから」と都合のよい言葉を多用し、修一をこき使っていた。佐伯は「子どもが裸足なんてよくあることだ」とか「おかっぱ頭は親の手間が省けて便利だからいまでも結構いる」などと、幽霊の否定を続けていた。

そんな二人の変わらない様子に、先ほどまでは気も楽になっていた。しかし、目的地に近づくにつれてやはり気持ちは揺らいでいく。

もし、あの公園の前で結良が事故に巻き込まれでもしたら……。

「あの木すごくない？」

結良の一言で我に返り、行く先を見上げるとそこには二本の大きな木があった。

十二年の歳月が流れてもその雄大さに変わりはなかった。

「あれが話してた二本杉です」

「じゃあ、少なくともまだ木は残ってるんだね」

「そうみたいですね……多分公園もまだある気がします。街並みがあまり変わってないですから」

「それにしても本当に大きな木だね。周りに高い建物がないのも、そう見える理由なのかな？　私ずっと東京だからこの景色自体がなんか新鮮」

するると、後方を歩いていた佐伯が小走りで二人を追い抜き、くるりと二人の方を振り返った。後ろ向きで歩きながら話し始める。

「公園についたらとりあえず三人で二本杉を見に行こう。修一君がその女の子と出会った場所に。その後は三人でそれぞれ公園を調べる。それでいい？」

「僕、二本杉の後も先生の調査を手伝ってもいいですか？」

「ダメ。一人で調査したい気分だから」

「そうですか……」

修一は近づくことすら避けてきた公園で、一人になることが怖かった。

しかし、佐伯には正面から断られてしまった。結良なら調査などしないだろう。二本杉を見た後は、それとなく結良と行動を共にしてもよいかもしれない。

目の前を歩いていた佐伯の足が止まる。

顔を上げると、そこには以前と変わらない二本杉公園があった。

公園はおおよそ長方形に近い形を成しており、長方形の中心から左手に遊具エリア、右手に広場と分かれている。いまは遊具エリアに面した入り口に立っており、二本杉のある広場は反対側だった。

多少は整備されたのだろう。遊具は新しくなり、トイレも改装されている。だが、全体的な公園の構成や雰囲気は変わっていなかった。

やはり公園を目の当たりにすると、あの夏に味わった孤独感と恐怖心がよみがえってくる。もちろん友人や父親との楽しい思い出もあるはずだが、そうした明るい記憶は、完全にひと夏の出来事に呑《の》み込まれていた。

「とりあえず、女の子と会った場所まで案内してもらえる？」

「わかりました。あの木の下です」

修一は覚悟を決めて公園へ踏み込んだ。

幸いなことに公園内には、活発に遊びまわる子どもたちや楽しそうに会話をしている親子が多く、その黄色い声が明るい雰囲気を醸し出している。人が大勢いることは、わずかに修一の心を軽くしてくれた。

修一が父親とともに写真を見たベンチでは、親子が横並びで肉まんを食べている。新しくなっているが、ベンチの位置は変わっていない。そのほほ笑ましい光景に自分の過去が重なり、徐々に思い出が鮮やかな色になっていく。

そのまま真っ直ぐに公園を横切り、二本杉を目指す。

遠目にもわかったが、以前とは違ってしっかりと手入れをされているようで、生い茂っていた草木はほどよい長さに切りそろえられている。光も差し込み、美しい景色であることに間違いはなかった。

「聞いてた感じと違うね。結構明るいしきれいじゃない？」

結良が辺りを見渡しながら言う。

「僕が最後に来たときは、もう少し手入れがされていない感じで……よくいえば自然豊かでした」

「来てみたら少し印象変わったんじゃない？」

その通りだった。こうして見てみると普通の公園だ。公園につく直前が不安のピークだったのかもしれない。修一は、徐々に気持ちが軽くなっていくのを感じながら返事をした。

「そうですね。少なくともいまは幽霊なんか出そうにない感じですね」

その返答に、結良は白い歯を覗かせかわいらしい笑顔を送ってくれる。

前向きになり始めた修一を援護するように、佐伯も話し始めた。

「不安が等身大を超えて大きくなってるときが一番つらいよね。しっかり見た方がいいよ。これがこの公園の本当の色だから」

言いながら佐伯は大きな杉の木に背中を預けた。結良は根元に腰を下ろす。二人とも目を細めて木漏れ日を見つめていた。

そんな二人の姿は、わずかに残っていた不安にとどめを刺してくれた。

「僕、多分仲間外れにされたのがつらかったんです。悪口を言われたり、叩かれたりすることなら、まったく平気だったと思うんですけど……」

気がつくと、修一は当時の自分の気持ちを語り始めていた。二人は何も言わずに修一を見つめている。

「うちは両親がいつも仕事で忙しそうでしたし、弟とか妹も多いから育児も大変だったと思うんです。だから僕はできるだけしっかりしようと思って……両親の負担にならないようにしようと思って。いま思うと子どもの癖に無理しちゃったなって感じですけど。だから寂しかったんでしょうね」

佐伯は満足そうな笑顔を浮かべている。

「本当はもっと親に甘えたりしたかったんでしょうけど。だからなんとなく、家族の中にいても孤独感があったんだと思います。弟たちはちゃんと子どもなのに……そこにきて友達からも仲間外れにされちゃって、孤独感が限界を超えたんですかね。そう考えると一緒に過ごしてくれる友達を頭の中で作っちゃっても仕方ないかなって思えますね」

「修一君が、人に気を遣いすぎるのはそこからきてるのかもね。全然悪いところじゃないし、むしろ修一君のよいところだと思うけど、ストレスは間違いなくかかってたんだろうね」

さまざまなことがつながっていくように感じていた。あの女の子は自分に取り憑いた悪霊などではない。自分で作った友達だった。都合が悪かったのは、事故のタイミングなのだろう。人は、偶然に意味を見出《みいだ》すと講義で聞いたことがある。

自分が好意を寄せた人に訪れた不幸。おそらくそのときに感じていた恐怖の正体は、孤独感だったのだろう。別れと孤独感がイコールになってしまっていた。

「先生。孤独感ってどうやったら薄められるんですか？」

「さあね。人それぞれじゃない？　まあ、とりあえず今日は実家に帰って、ご両親に近況でも話してきたら？　せっかくだし最近の不思議体験とかさ」

修一の頭に家族の顔が浮かぶ。考えてみれば帰省したとき、いつも実家の状況を聞くばかりで自分の話はしていなかった。

たまには、この変わった先生と強引な先輩に振り回される日々を話してみてもいいかもしれない。

「そうですね。今日、実家に帰ってもいいですか？」

「もちろん。最終日は僕と多度さんのこと案内してくれるとうれしいかな。ちょっと行ってみたいトンネルがあって……」

「ちょっと。それ絶対心霊スポットでしょ？　私は温泉がいいんですけど」

「ああ、温泉の心霊スポットもあるよ。大分は結構多いからね」

佐伯と結良のいつもの口論が始まったので、修一はトイレに向かった。もう、この公園に対する恐怖心はなかった。広場の半ばまで歩いてきたところで、佐伯の大声が聞こえてきた。

「修一くーん。この近くにおすすめのお店とかあるー？　お腹《なか》すいたから早めに戻ってきてー」

まるで小学生のような大声だった。なぜ戻ってから聞いてくれないのだろうか？

周りの子どもや親子もクスクスと笑っている。

修一は恥ずかしくなり、小走りでトイレに向かった。

そのとき、背後から声が聞こえた。

「修一君。一緒に遊ぼう」

振り返ると、そこにはおかっぱ頭の女の子が立っていた。

佐伯が大声で修一の名前を叫んだせいで、子どもに名前を憶えられてしまったではないか……。

修一は、視線が合うようにしゃがみこんで声を掛けた。

「お兄さんもう行かないといけないんだ。友達は来てないの？」

よく見ると、その女の子は靴を履いていなかった。

佐伯の言う通り、意外と靴を履いていない子どもは多いのだなと心の中でため息をついた。靴は捜してあげた方がいいだろう。

「みんなに話しかけたんだけど無視されちゃって」

そう言って女の子はうつむく。

「じゃあ、お兄さんと一緒にもう一回お願いしてみよう」

修一は辺りに靴が落ちていないかを確認しながら、近くにいた子どもたちのもとへ女の子を連れて行った。


「多度さん。なんでめずらしく一所懸命なの？」

突然子どもの集団に話しかけ始めた修一を見ながら、佐伯が聞いてくる。

「かわいい後輩のために頑張ってみようかなって。もう卒業しちゃうし」

修一に話しかけられた子どもたちの戸惑いが、遠目にも見て取れる。

「意外と卒業とかで寂しくなるタイプ？」

子どもたちの表情はしだいに戸惑いから、恐怖に変わっていく。

「私は孤独とか感じないタイプなんで」

修一は子どもの集団を離れ、一人で何かを捜し始めた。

「まあ、とにかく今回はありがとう。あとは絶対に事故に遭ったりしないようにね」

「わかってますよ。逆に、偶然事故に遭ったりしたら、修一君には言わないでくださいよ」

子どもたちは、遠巻きに修一を見ながら何かを話し合っている。

「そのときは僕と喧嘩《けんか》したことにでもして、修一君を言いくるめておくよ」

「そうしてください。あと……この前はありがとうございました。卒業しちゃうから一応……」

修一は再び子どもたちのもとへ戻ると、何かを伝え始めた。

「いや、こちらこそ、ひどいこと言っちゃってごめんね。大学院に行っても怪異には気をつけてね」

「怪異はもう十分です……ってか、さっきから修一君は何をやってるんですか……完全に不審者になってるじゃん」

「急にしゃがみこんだ後、これまた急に子どもたちに話しかけ始めたね。どうせまた、誰かのために何かしてるんじゃない？」

「本当に……まあ、人のために何かしてあげるのはいいことですけど」

「そうだね。人のためならね」

佐伯翼《さえきつばさ》が桐箱《きりばこ》を開けると、中にはティーカップが入っていた。

多度結良《たどゆら》曰《いわ》く、あまり有名ではないが、日本の焼き物職人が作っているティーカップとのことであった。初めて見る素材と手触りで、紅茶を入れるのが楽しみになってくる。

そのティーカップをサボテンの横に置く。卒業するからといって律儀なものだ。

今日は星森《せいしん》大学の卒業式の日だった。朝早くにやってきた結良は、お礼の言葉とともにこの桐箱を置いていった。総代に選ばれ、これからリハーサルに出なければならないらしい。

沖山修一《おきやましゅういち》も、結良と入れ違いにやってきた。今時の大学生で「同じゼミの先輩が代表でスピーチをする姿を見ないわけにはいかない」などと、生真面目なことを言う

エピローグ　ようこそ瑕疵ある世界へ

のは修一くらいだろう。

最初はあの二人が上手くやっていけるのか心配だったが、杞憂《きゆう》に過ぎなかったようだ。互いにない部分を持ち合わせているからこそ、上手くいったのかもしれない。

佐伯は、二人の顔を思い浮かべながらゼミ面談で使用した簡素なアンケート用紙を机に広げた。

結良には欠点がなかった。才色兼備の彼女は才も色もグラデーションをもって使用することができた。学業も優秀であれば、怪異のような不確かなものへの理解も柔軟であった。

しかし、時に完璧さは心の傷を他者から見えないように覆い隠してしまう。

彼女の心には同級生の死という大きな傷があった。完璧な彼女を外から見ても、その傷が癒えているのかどうかはわからない。

結良のアンケート用紙を片手に机の引き出しを開ける。

引き出しには一枚の紙が入っていた。

会葬礼状。

そこには〝白井透《しらいとおる》〟の名が記されている。

佐伯はあのとき、嘘《うそ》をついた。

確かに結良はこの会葬礼状とともに研究室を訪れ、白井の通夜に行ってきたと語った。しかし、いつの間にか白井の死はなかったことになっている。

この事実はどちらも否定のしようがない。理由はわからないが、白井は確かに一度亡くなり、そして帰ってきた。

二十二歳の健康的な成人が、このような虚偽記憶をもつことは考えられない。だが、この会葬礼状を見てしまったら……彼女は親友を生き返らせるためだけに、今後の人生を費やすかもしれない。

少なくとも、いまのように死を受け入れることはできなかっただろう。

怪異は心の傷に入り込む。


修一のもつ優しさは歪《いびつ》だった。

他者を一人にしない。それだけを原動力に人を助けるために走り続け、自分を置き去りにしていた。決して悪い性格特性ではないが、その結果として、彼は被害者になることも多かった。

机に置かれたファイルを開く。

そこには新聞記事の切り抜きがいくつも収められていた。

合計十八枚。

それらはすべて、二本杉公園付近で起きた子どもの死亡事故に関する記事だった。修一には伝えなかったが、あの公園では大量の子どもが亡くなっている。

その中でもっとも古い記事は、早瀬《はやせ》が持ってきてくれたものだった。こんなに古い新聞記事の切り抜きをどうやって手に入れたのだろうか。

その記事には「女児ノ不審死」という見出しと事の経緯が書かれていた。これによれば亡くなっていた女児は身元不明で、なぜか靴を履いていなかったようだ。結局、身元も明らかにならないまま、この事件は忘れられることとなった。記事の最後には髪をおかっぱに切りそろえた女児の似顔絵が載っている。

修一の孤独感と結びつけることで無理やり説明したが、本来イマジナリーフレンドが告白をしたり、父親と楽しく過ごしている最中に現れたりするなどあり得ない。

万が一にでも修一がこの事実を知ることになれば、彼は怪異に怯《おび》えて、孤独な人生を歩むことになるかもしれない。優しい彼にそんな思いをさせたくはなかった。

結良と修一は、二人とも心に瑕疵《かし》を抱えていた。
それは心の傷であるとともに、怪異に付け込まれる欠点ともなっていた。
いや、もしかするとそんな不安定な心から怪異が生まれたのかもしれない。
どちらが正解なのか、僕にもわからない。
しかし、心に瑕疵を抱えているのはあの二人に限ったことではないだろう。
人は誰しもその心に瑕疵を抱えている。
人の心から怪異が生まれるのであれば、人の数だけ怪異が存在する。
次に、瑕疵のある世界に迷い込むのは僕なのかもしれない。

――ようこそ瑕疵ある世界へ。

著者あとがき

心と怪異

小さな頃から〝謎〟が好きでした。

宇宙の果ては、どうなっているのだろうか？

深海には、どれほど大きな生き物がいるのだろうか？

隣に座っている友人は、何を考えているのだろうか？

好奇心に突き動かされるままに成長した僕がたどり着いたのは、「臨床心理学」という学問でした。心理学を用いて他者の支援を行う学問です。

僕にとって、人の心は極上のミステリーでした。

そして、同じように心が惹《ひ》かれていたものがあります。

それが「怪異」です。

非科学的といってしまえば、つまらないものになってしまいますが、現代科学では明らかになっていないと表せば、これ以上に好奇心をくすぐられるものはないと思います。


人の心は学問として学ぶことができましたが、怪異を学ぶ方法はありません。

そこで僕が行きついたのは、個人的に怪異譚《たん》を蒐集《しゅうしゅう》することでした。初めは友人や親戚に不思議な話を聞いて回っていたのですが、大人になるにつれてそれは僕のライフワークになっていきました。

大学で心理学を教えながら、休日になると町に繰り出して怪異を蒐集するという〝奇行〟の中で、ある怪談を聞くことができました。

座敷童《わらし》の怪談です。

家に憑《つ》くとされる子どもの怪異で、座敷童がいる家には繁栄がもたらされますが、かかわり方を誤るとその家に衰退をもたらします。有名な怪異なので、聞いたことのある方も多いかと思います。

同時期に、ある疾患について知見を深める機会がありました。

認知症です。

いまや社会問題になっているこの認知症ですが、さまざまなパターンがあることはよく知られています。その認知症のパターンの一つに「レビー小体型認知症」と呼ばれるものがあります。

レビー小体型認知症にはいくつかの特徴がありますが、その一つとして「幻視」が挙げられます。幻覚の一種でそこにあるはずがないものが見えてしまうという症状です。さらにレビー小体型認知症の幻視は、視覚認知が影響を受けることによって視認している世界が歪《ゆが》むような特徴も付随するといわれています。

想像してみてください。他の人には見えない何者かが見えて、それは縮尺が歪み小さな姿になっている。

座敷童の怪異譚と似ていませんか？

もちろん、これでは説明できない座敷童の話もたくさんあります。ですが、この仮の答えと、それに対する反証が座敷童の存在をより現実的でありながらミステリアスにしているように感じました。

こうした怪異と心理学が混ざり合うミステリーを書いてみたいと考えたのが、執筆に至った経緯です。

そのため、本編で語られる怪異はすべて〝実話〟が基になっています。

正確には、実際に僕が聞かせてもらった話です。もちろん設定や状況など、変更している点もありますが、怪異部分はほとんどそのままです。

怪談蒐集の中で実際に出会った鮮烈な怪異と、僕が培ってきた心理学の知識を材料として出来上がった物語なので、小説と実話の中間にあたるような話になっています。

執筆にあたって登場人物には悩みました。

僕自身、普段は大学で教鞭《きょうべん》をとりながら、趣味として集めた怪談をお話しさせていただくこともあります。そうなると、どのようなキャラクターを作っても、さまざまなキーワードが現実の僕とリンクしてしまいます。いっそのこと、小説の中に自分を登場させた方が伝わりやすいかと考えた結果がこれです。

そして登場人物というと欠かせないのが、網《あ》代《じろ》実《みのる》と都市GIRLSです。

怪談は歴史ある文化ではあるものの、近年では真偽を判定することに重きが置かれることもあり、純粋に怖い話を楽しんでいた人は少なくなっていたように思います。

そんな中、テレビなどで怖い話を娯楽に昇華させるため活動を続けていたのが、お笑い芸人で怪談家の「ぁみ」さんです。僕の中では怪談とイコールになっているといっても過言ではない人。お気づきかと思いますが、お笑い芸人網代のモデルになっていただきました。

　ぁみさんをテレビスターとするならば、「都市ボーイズ」はYouTubeのスターだといえます。初めて動画を見たときは、その面白さに衝撃を受けたことを憶《おぼ》えています。どれほど忙しいときでも都市ボーイズの動画は欠かさずに見るほどファンでしたが、僕が怪談を始めてすぐの頃から、そのお二人のイベントやチャンネルに呼んでいただく機会がありました。正直、何度お世話になったかもわかりません。

　この魅力的な二人が登場しない物語はイメージすることができず、本作の中でも都市GIRLSとして何度も登場していただきました。

　キャラクターのモデルになっていただくお願いを二つ返事で快諾してくださった怪談家のぁみさん、都市ボーイズのはやせやすひろさん、岸本誠さんに心から感謝を申し上げます。

　最後になりますが、体験談を話してくださったうえに小説として調整をさせていただく依頼を快諾してくださった皆様へも感謝を申し上げます。皆様からいただいた怪異譚は僕の宝物です。

そして、ここまでお読みくださった皆様。本書を手に取ってくださり、本当にありがとうございました。

読んだ皆様の見る世界が、不思議であふれかえることを願って。

佐伯つばさ

参考文献

『心理学　新版』無藤隆、森敏昭、遠藤由美、玉瀬耕治（著）／有斐閣

『ＤＳＭ－５－ＴＲ 精神疾患の分類と診断の手引』American Psychiatric Association（著）、日本精神神経学会（日本語版用語監修）、髙橋三郎、大野裕（監訳）、染矢俊幸、神庭重信、尾崎紀夫、三村將、村井俊哉、中尾智博（訳）／医学書院

『援助者必携 はじめての精神科』春日武彦（著）／医学書院

佐《さ》伯《えき》つばさ

臨床心理士・公認心理師、怪談蒐集家。１９９２年生まれ。東京都出身。

小学生の頃から怪異に興味をもち、身近な人を中心に実際にあった怖い話を集め始め、以降約20年にわたりさまざまなフィールドで蒐集を続けている。

現在、都内私立大学にて臨床心理学の教員を務めながら、怪談イベントや人気YouTubeチャンネルへのゲスト出演多数。

臨床心理士の視点で怪談を語り、怪異の恐ろしさだけでない恐怖をもたらし、人気を博している。カンテレの「稲川淳二の怪談グランプリ リターンズ２０２４」出演。

瑕疵ある世界へ

ようこそ

ようこそ
かしある
せかいへ

二〇二五年三月二十日　初版印刷
二〇二五年三月三十日　初版発行

著者　佐伯つばさ
発行人　黒川精一
発行所　株式会社 サンマーク出版
郵便番号一六九-〇〇七四
東京都新宿区北新宿二-二一-一
(電)〇三-五三四八-七八〇〇
印刷・製本　中央精版印刷株式会社

ISBN978-4-7631-4209-2 C0095
ホームページ https://www.sunmark.co.jp